scripto

Louise Rennison

À plus, Choupi-Trognon...

Traduit de l'anglais par Catherine Gibert

LE JOURNAL INTIME DE GEORGIA NICOLSON

Gallimard

Encore une fois,
je dédie cette œuvre de pur génie
à ma petite famille chérie (que « j'aibe énorbébent »)
et à mes poteaux au-delà du trop bien.
A Mutti, Vati, Soshie, John, Eduardo delfonso delgardo,
Honor, Libbs, Millie, Arrow et Jolly, Kimbo,
et à la branche familiale du Pays-du-Kiwi-en-Folie.
A Salty Dog, Jools, The Mogul, Big Fat Bob, Jimjams, Elton,
Jeddbox, Lozzer, Mme H., Geoff, Mizz Morgan, Alan Davies
« non, ce n'est pas une permanente », Jenks the Pen, Kim et
Sandy, Black Dog, Downietrousers et sa ravissante fiancée,
Andy Pandy, Phil et Ruth, Cock of the North et famille, Lukey
et Sue, Tony the Frock, Ian the Computer,
le Top Gang de Parklands, St Nick.
A l'équipe anglaise : Brenda, Yasemin (hi ! ! !), Margot
et toute l'équipe de Piccadilly.
Un merci tout particulier à la merveilleuse Emma,
sacrée meilleure attachée de presse du monde.
A mes sublimes poteaux de Scholastic :
David, Gavin, Jessica et Helen.
Un gigantesque merci bourré d'amour
à la fabuleuse Clare (l'Impératrice)
et à Gillon, comme toujours.
Merci à la famille HarperCollins.
Et pour finir, je dédie A plus, Choupi-Trognon…
aux lecteurs adorables qui m'ont écrit pour me dire
qu'ils aimaient mes livres en « le grand quantité ».
Je vous aime tous.
Pour de vrai.
Du fond du cœur.

Titre original : *Dancing In My Nuddy-Pants*
More Confessions of Georgia Nicolson
Édition originale publiée par Piccadilly Press, Londres, 2002
© Louise Rennison, 2002, pour le texte
© Éditions Gallimard Jeunesse, 2003, pour la traduction française

RIRA BIEN QUI RIRA... LE PLUS

Dans ma chambre
Midi à vol d'oiseau
Il pleut des hallebardes

Pas plus tard que tout de suite, un moineau vient de se faire violemment jeter à bas d'un arbre par l'ondée. Si vous voulez mon avis, le volatile aurait mieux fait de prendre son pébroc avant de sortir. Note que, même muni d'un pébroc, il pouvait encore déraper sur une feuille mouillée et se prendre un écureuil en goguette de plein fouet. La vie est ainsi faite. La mienne, en tout cas.

On prend les mêmes et on recommence, je quitte à l'instant la Vallée des Tourneboulés pour m'avancer gaiement vers le Royaume du Rosissement popotal maxi. Non, mais qu'est-ce qui me prend au juste ? Super-Canon est le seul et unique Super-Canon de mon cœur, mais allez expliquer ça à mes lèvres si ça vous tente. Il suffit que Dave la Marrade me dise : « Tu me dois un bécot » pour qu'elles se mettent à pulper comme des folles. En ce qui me concerne, j'aimerais autant qu'elles sortent toutes seules la prochaine fois.

12 h 30 Pourquoi, mais pourquoi Super-Canon ne m'a pas encore appelée ? Les Stiff Dylans sont rentrés depuis hier de leur expédition londonienne à but d'enregistrement de disque ! Si ça se trouve, Super-Canon est en plein décalage horaire de bus. L'autre possibilité, c'est qu'il ait eu une petite converse avec son frère Tom et que l'autre lui ait sorti un truc style : « Tu sais quoi, Robbie ? Hier, on est allés à une soirée poisson et tu ne devineras jamais. Figure-toi que ta copine Georgia s'est bécotée sans le faire exprès avec Dave la Marrade au jeu de la vérité ! Dommage que tu n'aies pas été là, tu as raté une démonstration de rosissement popotal pas piqué des puces. Je parie que tu aurais adoré ! »

OhmonDieu,monDieu,monDieu ! Je ne suis ni plus ni moins qu'une petite cochonne à cucul rose.

12 h 35 De l'autre pied, vu que personne n'a assisté à mon bécot accidentel avec Dave la Marrade, je peux parfaitement envisager de garder la chose secrète par-devers moi jusqu'à mon trépas.

12 h 45 Oui, mais une supposition démente que Jas se soit intéressée à autre chose qu'à sa frange et qu'ayant pigé le micmac Dave la Marrade, elle se soit empressée de faire un compte rendu circonstancié à son soi-disant copain, Tom.

Ne pas oublier que Jas est chef d'antenne chez Radio Jas !

13 h 00 Je passerais bien un coup de bigo à Jas, sauf qu'il n'est pas question de descendre pour l'instant. En bas, c'est la soupe à la démence. Ça ne fait pas moins de douze millions de fois que j'entends les Porte-en-Face répéter « pourquoi, oh pourquoi ? » ou sa variante « mais comment, comment ? », mâtinée à l'occasion d'un ou deux « oh pourquoi, mais comment ? »

Ma seule consolation, c'est que je ne suis pas la seule petite cochonne à cucul rose de l'univers, ou de la rue en l'occurrence. Noami, la bombe birmane des Porte-en-Face a réussi l'exploit d'attendre un heureux événement alors qu'elle n'a pas mis la truffe dehors depuis un bon demi-siècle pour cause d'arrêts de rigueur. Comme je l'ai judicieusement fait remarquer à toute personne susceptible de piger un truc simplissime (c'est-à-dire moi et… euh… personne d'autre), je ne vois pas comment on pourrait coller le polichinelle de Naomi sur le dos de mon gros minou Angus, vu que dans cette affaire il n'est rien moins qu'un figurant en culotte velue.

14 h 05 Contrainte de descendre à la cuisine voir s'il n'y avait pas moyen de me caler l'estomac avec un vieux bout de Weetabix moisi. Super bonus, les Porte-en-Face ont fini par rejoindre leurs pénates. Méga malus, Super Dingo (mon Vati de père) a pris le relais sur le plan jérémiades, le tout assorti de tentatives désespérées pour faire l'adulte responsable, de tortillons de barbe, soit dit en passant d'un ridicule achevé, de remontage de pantalon et j'en passe.

Une intervention était nécessaire :

– Vati, je te garantis que les gens te prendraient méchamment plus au sérieux si tu virais le miniblaireau qui te squatte le bout du menton.

Bien la peine que je tourne ma remarque d'une façon *le très riante*, le père de famille a donné libre cours à son ire. J'ai cru que je ne recouvrerais jamais l'ouïe.

– Si tu n'es pas capable de dire quelque chose de sensé, TU FERAIS MIEUX DE TE TAIRE !

Sans blague, vu le nombre de fois où on m'a demandé de me tenir coite, j'aurais mieux fait de ne pas perdre mon temps à apprendre à parler.

J'aurais pu faire mime.

14 h 15 J'ai mimé à Mutti le désir pressant de lui emprunter un billet de 5 livres, mais elle a fait celle qui ne comprenait pas.

De nouveau dans ma chambre

14 h 45 Les Porte-en-Face sont de retour avec du renfort au rayon siphonné, j'ai nommé les Porte-à-Côté. Mieux vaut descendre une oreille furtive pour savoir ce qui se trame. Dieu merci, Angus n'a toujours pas réintégré le domicile familial. A mon avis, ce n'est pas le matou féru de ce genre de festivités (je parle des après-midi lynchage de chats).

La branche mâle des Porte-en-Face (Colin) me rappelle étrangement mon Vati. Ça crie beaucoup, ça se rajuste le pantalon à tout va et ça manque franchement de plomb dans le citron. Jugez vous-mêmes.

– Voilà, ce qui est certain, c'est que Naomi est sur le point de… comment dire… euh… fonder une famille. Reste une question : qui est le père ?

Réponse de Vati (le célèbre bourreau de chat) :

– Écoute, Colin, j'ai emmené Angus chez le véto se faire… enfin… tu vois, quoi, se faire machiner. Ce qui le met totalement hors de cause.

– Oui, mais est-ce que tu es sûr que le véto s'est bien occupé de ses… ? Enfin, je veux dire, as-tu la garantie qu'il lui a bien… euh… tu vois, quoi… ratiboisé les… ?

Cette conversation était révoltante ! Comment osaient-ils évoquer publiquement l'excédent de vermicelle d'Angus, quand celui-ci ne devrait jamais quitter la sphère privée de son caleçon de chat. Les vioques ont déliré des heures sur le sujet. Mais comme dirait Sublime-Henri, notre lecteur de français, le vermicelle reste *la grande mystérieuse de la caleçonne*.

Ce qui nous amène à mon devoir de français sur lequel je ferais mieux de me jeter illico si je tiens à rester « number one » en francophonie.

14 h 55 Je vous livre l'intitulé du devoir : « Au cours d'un séjour dans *une gîte campagnarde*, on vous vole votre vélo. Vous décidez de passer une annonce dans le journal local. Rédigez le texte de cette annonce en français. »

15 h 00 Devinez ce que j'ai écrit. «*Le merci en grand quantité.* »

16 h 00 Légère remontée au niveau moral grâce à grand-père qui nous a fait la torche vivante en fourrant sa pipe mal éteinte dans la poche de son pantalon. Encore heureux que j'aie pensé à l'arroser avec le siphon à cocktail, sinon sa visite finissait en brasero de tricentenaire.

16 h 05 Toujours pas de nouvelles de Super-Canon. *Bis repetitam*, me voilà à nouveau plongée dans les affres de l'amour.

16 h 10 Coup de fil à Jas.
– Jas.
– Quoi ?
– Qu'est-ce qui te prend de me dire « quoi » comme ça ?
– Comme quoi ?

11

– Comme… pas réglo par exemple.

– Excuse-moi, mais c'est comme ça que je dis « quoi » depuis que je suis née. A moins que je m'exprime dans la langue de Molière, auquel cas, ce serait « *le pourquoi ?* » ou dans celle de Goethe, auquel cas, ce serait…

– Jas, ferme-la !

– Quoi ?

– Ne remets pas ça avec tes « quoi » et laisse-moi en venir au vif du sujet.

– Oh, oh.

– Jas…

– Autant pour moi. Je t'en prie, rapplique au vif du sujet.

– Tu te souviens quand on a joué au jeu de la vérité…

Je n'ai pas eu le temps de finir ma phrase que Jas partait d'un gloussement prodigieusement irritant non répertorié au catalogue des gloussements. Je jurerais que ça lui mettait les nerfs en pelote à elle aussi. Ça tenait plus du grognement de cochon que d'autre chose. Deux heures plus tard, elle me sortait :

– C'était vraiment la marrade, tu trouves pas ? Si on oublie que tu m'as obligée à me fourrer des légumes dans la culotte évidemment. D'ailleurs, je te ferais dire qu'il reste encore de la terre dedans…

– Jas, écoute ma vieille, aujourd'hui comme hier et bien moins que demain, ta culotte n'est pas au programme des discussions. Je te signale qu'on est près de friser le total désastre là.

– Ben, pourquoi ?

– Figure-toi que Super-Canon ne m'a toujours pas bigophoné. Alors, j'étais en train de me demander si par hasard…

– Ah, je t'ai pas passé le message hier soir ? Il te fait dire de le retrouver à la grosse horloge. Il fallait qu'il aide ses vieux à déballer des trucs pour le magasin cet après-midi. A ce qu'il paraît, ils vont vendre une nouvelle race de tomates-cerises hyper géniales qui…

– Jas ! Jas ! La tragédie de ta vie, c'est que tu fais une fixette sur les tomates. En ce qui me concerne, j'ai une question d'importance : À QUELLE HEURE Robbie veut que je le retrouve à la grosse horloge ? ? ? ?

Forcément, le volume sonore de l'interrogation chiffonne un peu Miss Frangette, mais elle consent à répondre :

– A 18 heures.

Oh, merci, merci, merci.

– Jas, tu sais que je t'aime, toi.

Ce coup-ci, je sens que ça fouette un peu à l'autre bout du fil.

– Qu'est-ce que tu veux encore ? J'ai plein de devoirs à faire et…

– Jas, *mon petit camarade, ne pas se chevaucher* le bourrichon, je suis juste en train de te dire que je t'ai élue super copine de toutes les super copines.

– C'est vrai, ce mensonge ?

– *Le véritable.*

– Merci, Georgia.

– Et toi, tu n'aurais pas un truc à me dire ?

– Euh… ça serait pas « salut » par hasard ?

– Mais non, banane. Ce que tu meurs d'envie de me dire, c'est que tu m'aimes aussi.

– Euh… oui.

– Oui, quoi, Jas ?

– Euh… moi aussi.

– Ben, dis-le alors.

S'ensuit un silence interminable.

– Jas, tu es toujours là ?

– Hum…

– Allez, sois pas timide, ma grande, il n'y a pas à rougir de notre amour.

– Faut vraiment que je le dise ?

– *Le positive.*

– Je... t'aime.

– Merci, Miss Goudou. A plus.

Et pof ! je raccroche. Aucun doute là-dessus, je suis *le beaucoup riante ! ! ! ! ! !*

16 h 30 Pile le temps pour l'application d'un masque de beauté destiné à décourager toute tentative aventureuse d'une quelconque pustulette, suivie dans la foulée d'une pose de rouleaux chauffants censés procurer un max de ressort au rayon cheveux et enfin pour terminer, inspection pilosité de l'ensemble de l'anatomie en vue de juguler toute velléité d'expansion du gène de l'orang-outang.

16 h 45 Et maintenant pour être dans les meilleures dispositions possibles sur le plan bécots, quelques postures de yoga relaxantes. (Note, je suis prête à parier que le Père Yoga dirait un truc style : « Conseil d'ami : renoncez au poirier avec des rouleaux sur la tête si vous voulez éviter, primo, des souffrances atroces côté boîte crânienne et, deuzio, une collision violente avec l'armoire de votre chambre. » Sauf qu'il s'exprimerait en idiome yogi, forcément.)

Oh, oh, je sens venir le ramollissement cérébral. Recentrons-nous sur la paix intérieure.

17 h 00 Manque de bol caractérisé, j'étais en pleine posture du chien quand Libby, ma petite sœur adorée, déboule dans ma chambre et profite de la position avantageuse de mon arrière-train pour faire des percus dessus en accompagnement de son tube du moment, j'ai nommé *Il était un petit tapir*. Rengaine enfantine mondialement connue qui retrace les aventures d'un petit « tapir », on s'en doutait. *Le petit tapir* remplace avantageusement *Dans sa saison un grand-père regardait par la lunette* qui est descendu d'un cran dans le hit-parade personnel de l'enfant.

17 h 05 Toujours pas de nouvelles d'Angus. En bas, le troisième âge poursuit son congrès mondial anti-félidé. Les tintements en provenance de la cuisine annoncent l'arrivée imminente du *vino tinto*. Autant dire que d'ici à pas longtemps, quand tout ce beau monde sera pompette, il y aura concours de ramponeaux au programme.

Comme de juste, le doute m'assaille violemment au rayon vestimentaire. Vu l'heure tardive, il serait temps de remiser la tenue de jour pour passer direct à la tenue de cocktail. Autre paramètre important à prendre en compte, il fait plutôt frisquet de la nouille.

17 h 10 Résultat des courses, j'opte pour le haut noir à col roulé et les bottes assorties... (plus un fute évidemment). Enfin, pour l'indispensable touche sophistication, je crains d'avoir à emprunter à Mutti son Paloma qui n'y voit aucun inconvénient (maman, pas le Paloma). A moins que la mère de famille ait vent de la chose, auquel cas, elle me trucide.

17 h 15 Mutti a un chapeau de pluie en plastique dans son sac! Je n'ose pas imaginer le tableau!

Sur le plan positif, la présence du couvre-chef prouve que la femme est quasi mûre pour accepter son statut de vioque. Avec un peu de chance, on peut même envisager que dans un avenir proche elle se débarrasse de ses minis et investisse dans des soutifs décents.

Erreur fatale, en fait de chapeau de pluie, il s'agit d'une couche de secours pour Libby. Pas sot, dans la mesure où on n'est jamais trop prudent en matière de débordements popotaux avec l'enfant.

17 h 30 Tiens-toi bien, Super-Canon, me voilà ! ! ! ! Inutile d'interrompre le congrès des ancêtres toujours en plein délire, je laisse un mot sur la table du téléphone :

Chers M. et V.

J'espère que votre après-midi lynchage de chat se déroule aux petits poireaux. En ce qui me concerne, j'ai évité l'inanition avec un vieux bout de toast rassis et le scorbut avec du roulé à la confiture. Et maintenant, je me tire. Si jamais vous avez cinq secondes, tâchez de vous rappeler mon existence.

Votre fille,

Georgia

P.-S. *Suis partie retrouver Jas, rapport à notre devoir de* Le bel France. *Serai de retour vers 21 h.*

Hahahahahah, *le très riant(e).*

18 h 00 En débouchant dans la grand-rue, qui avise-je au pied de la grosse horloge ? Super-Canon en train de m'attendre ! Repli immédiat dans l'entrée du magasin le plus proche pour retouche brillant et repositionnement des flotteurs. Je profite de la halte pour tâcher de trouver un truc normal à dire au cas où mon cerveau s'en irait vagabonder on ne sait où (ce qui est globalement le cas chaque fois que Super-Canon m'approche à moins de dix mètres), de façon à ce que ma bouche puisse continuer à faire son boulot ô bouche sans avoir à se préoccuper des absences de ma matière grise. Le mieux serait une entrée en matière méga simple, style : « Salut ! » (puis petit silence avec sourire qui tue. En clair, lèvres légèrement entrouvertes et resserrement maxi des narines) et ensuite je lui dis : « Ça fait un bail ! ».

Génial ! Cette sortie a le mérite d'intégrer un zeste d'excentricité dans le dialogue sans que personne ne puisse deviner une seconde que mon cerveau est parti en vacances à Chypre.

Je sors de ma cachette et m'avance vers Super-Canon. Il m'a vue ! Avis à la population : M. Trop-Craquant est descendu sur terre !

Lui, de sa voix supercanonesque :

– Salut, Georgia !

– Salut, bail !

Bail ? ? ? ? ? ? ? Quel bail ?

L'homme rit.

– Au début, j'ai toujours un peu de mal à comprendre ce que tu dis, Georgia, mais il me semble que d'habitude, ceci arrange les choses…

Et hop, il m'attrape la main et m'attire contre lui. Ce qui nous conduit illico à une visite rapide au numéro quatre sur l'échelle des choses qu'on fait avec les garçons (baiser qui dure plus de trois minutes sans reprendre son souffle). Snack et miam et trop crousti-fondant ! Si seulement je pouvais rester collée à sa bouche toute ma vie, je toucherais enfin au bonheur. Probable que je mourrais aussi, rapport au manque de nourriture, mais au moins je serais heureuse. Georgia, la joyeuse trépassée. Taistoi, tais-toi ! ! ! Appel de cerveau à bouche ! Appel de cerveau à bouche ! Ne jamais, ô grand jamais, laisser échapper que si tu pouvais, tu resterais collée à ta collègue supercanonesque toute ta vie !

A l'issue de cette excellente séance bécot, Super-Canon me sort :

– Dis, Gee, je t'ai manqué ?

– Est-ce que je te demande si le pape est pasteur ? réponds-je judicieusement en riant comme une bossue à une surboum de bossus (en clair, un max).

– Euh… non. Il ne l'est pas.

Non mais, où on est rendus là ? A l'ouest en ce qui me concerne.

Coup de bol, Super-Canon mourait d'envie de me raconter ses aventures londoniennes avec les Stiff Dylans. Et pour ce faire, nous nous rendîmes chez Luigi boire un cappuccino. Je le dis et je le re-re-redis, le cappuccino n'est vraiment pas ma tasse de thé. Le truc que je redoute le plus avec le breuvage transalpin, c'est l'effet moustache de Père Noël en mousse. Note que j'ai trouvé la parade pour éviter le désastre, je vous la livre : boire selon le hamster. J'explique la méthode. Un, on serre les lèvres à mort, et deux, on aspire le liquide par le mini orifice central. Pas dur, il suffit simplement de se mettre dans la peau d'un hamster en train de se taper un bon petit caoua chez Hammy, le bistrot préféré des hamsters. Cerveau, tais-toi ! Tais-toi ! ! ! !

J'ai eu droit au total compte rendu du voyage à Londres, rendez-vous avec un gus style agent qui propose un contrat aux Stiff Dylans pour leur disque, super séjour dans un hôtel classieux avec room service et tout et tout, et visite de la ville.

Entre deux gorgées de café hamstérien, je glisse à Robbie :

– Au fait, tu as vu la relève de la gourde ?

– La relève de la gourde ? ? ? ? ? ? ?

Oh, non... Ne me dites pas que j'ai oublié de desserrer mes lèvres de hamster !

– De la garde ! Je voulais dire : relève de la « garde ».

Curieux, le garçon semble se contretamponner d'avoir une copine demeurée, il se penche vers moi par-dessus la table et me file un bécot ! Devant tout le monde ! ! ! ! Dans le café ! ! ! On se serait cru dans un film français. C'était pleins feux sur le couple bécoteur chez Luigi. Forcément, une retouche brillant s'imposait, d'où détour discret par le service pipi et Cie. N'empêche, c'est un sacré boulot d'être la copine d'un Super-Canon. Beaucoup l'ignorent, je le crains.

On est rentrés à pied de chez Luigi en se tenant par la main. Une chance que Super-Canon ait la taille requise, sinon je me fadais la démarche dite de l'orang-outang qui consiste à clopiner avec le genou mou pour rattraper la différence de niveau avec le partenaire. Dire que j'ai été contrainte de le faire avec Mark Grosse-Bouche dans une vie antérieure ! Le fait que nous ayons la même longueur de bras tous les deux me semble bien la preuve irréfutable que nous sommes faits l'un pour l'autre.

22 h 05 En arrivant en bas de ma rue, je préviens Super-Canon que, rapport au binz Angus, il serait préférable pour sa survie qu'il ne croise pas mes parents aujourd'hui.

Le garçon demandant des explications, je répondis ceci :

– En un mot comme en seize, Naomi a un polichinelle dans le tiroir et la vindicte populaire désigne Angus comme coupable, sauf que mon gros minou est... tu vois ce que je veux dire... Bref, au niveau excédent de vermicelle, il n'est plus le même homme.

Au moment où je parvenais enfin à me décoller, Super-Canon m'a régalée d'un numéro six à se rouler par terre, agrémenté d'un zeste de six et quart (bécot avec la langue plus mordillon de lèvres). Je me demande encore comment j'ai fait pour ne pas me casser la binette vu l'émoi. Et méga prouesse, j'ai même réussi à lui dire au revoir telle la personne normale. L'un dans l'autre et tout bien considéré, je m'en suis sortie avec un max de sophistication.

C'est mon opinion et je la partage.

J'ai rendez-vous avec Super-Canon demain à la sortie du Stalag 14 (le collège, pour ceux qui auraient oublié). Hourrrrrrahhhhh!!!! A partir de dorénavant ma vie sera mervi, merva, mervêêêêêêêêêilleuse et si je ne me goure pas, *le très excellent*! Pour les siècles des siècles.

22 h 32 Erreur. Je n'avais pas mis un pied dans la maison que Vati me faisait sa crise de démence habituelle, style :

– Tu prends cette maison pour un hôtel ou quoi?!!!!!!!!!

Si seulement! Rien qu'en voyant l'état de ma chambre, les inspecteurs du service d'hygiène le fermeraient, l'hôtel! Non mais, citez-moi le nom d'un établissement digne de ce nom où les armoires servent d'institut du popo aux petites filles!

Dans la cuisine

Je tombe sur Mutti affublée d'un truc qu'elle considère probablement comme un déshabillé sexy. Je fais de mon mieux pour ignorer sa tenue et je lui sors :

– Alors, quelles sont les conclusions de votre après-midi lynchage de chat?

– Eh bien figure-toi que les Porte-en-Face ont fini par déclarer Angus innocent dans l'affaire Naomi, et Dieu sait pourtant s'ils rêvent de le transformer en sac à main.

Mutti avait l'air de trouver tout le binz inter-matous plutôt poilant et pourtant c'est cette femme-là qui, à la question : « As-tu déjà trompé quelqu'un ? », me répond :

– Oh, oui, c'était génial !

Pauvre Angus, il est la victime innocente du rosissement popotal de Naomi ! En tout cas et en ce qui me concerne, je ne suis pas près d'oublier que le dit rosissement popotal peut avoir des conséquences ô combien voyantes pour ne pas dire protubérantes ! Quelle leçon ! Ouf, personnellement en tant que moi-même, je m'en suis tirée sans dommage.

22 h 45 Il y a une telle tension dans ma vie que je suis lessivée. Encore un peu et je n'aurais même pas la force de passer à la phase démaquillage, tonique et crème hydratante (c'est vous dire), sans parler de me scotcher la frange. Je ne rêve que d'une chose, me réfugier dans mon nid d'amour et dormir.

23 h 00 Libby a ENCORE fourré tous ses jouets dans mon lit avec alignement de têtes sur l'oreiller ! Je dois préciser que pour certains, c'est tout ce qui leur reste, la tête. Je ne sais pas au juste quel usage l'adorable enfant compte faire de la décapitation dans ses choix professionnels futurs, mais je vous garantis qu'elle a le coup de main.

J'en étais là de mes interrogations quand Libby a jailli de mon armoire, résolument à poil (Libby, pas l'armoire) sinon des tartines d'ombre à paupières, vraisemblablement soustraite à la trousse à maquillage de Mutti. Et je précise, pas sur les yeux, l'ombre à paupières.

– Saggut, Georgina, c'est moi !!!!

– Sans blague ! Écoute, ma poupée, qu'est-ce que tu dirais d'aller te pelotonner dans ton bon petit lit à toi…

– Tais-toi, vilain garçon. Pelotonne !

– Libby, je ne risque pas de me pelotonner. Tu as vu ce que tu as mis dans mon lit ?

– Non !

– Si.

– Rentre dans le lit !

– D'accord, mais tu me laisses enlever un truc ou deux, histoire de faire un peu de place… Tiens, la vieille pomme de terre qui est là…

– Grrrrr…

– Libby, ne mords pas !!!!!!

Minuit Si je dois chanter encore une fois *Il était un petit tapir* à M. Patate, je crois que je me tue.

Urgence d'une consultation des ancêtres, mais depuis le palier et toutes portes closes. Merci bien, j'ai déjà eu la top malchance de voir Vati en pyjama, le spectacle est fortement déconseillé à toute personne dotée d'une sensibilité et d'un sens artiste aussi développés que les miens.

– Bonsoir, tout le monde. C'est moi, Georgia. Vous vous souvenez, votre fille ? Au fait, je vous rappelle que vous en avez une deuxième, Libby. Ça vous dit quelque chose ? Soixante-quinze centimètres, blonde, furieusement violente ? ? ? ?

Hurlement de Vati.

– Qu'est-ce qui se passe encore ? Tu peux m'expliquer pourquoi tu n'es pas couchée ? Tu as école demain.

– Bonsoir, père. C'est toujours un tel délice de deviser avec toi…

– Georgia, si tu m'obliges à me lever pour entendre d'autres âneries… Je te ferais remarquer que tu as encore l'âge de recevoir une gifle ! ! !

Une gifle ? ? ? ? L'homme aurait-il fini par disjoncter ? Il n'a jamais giflé personne. La dernière fois que je lui ai fait griller un fusible, il m'a balancé une pantoufle à la figure. Le projectile a raté sa cible mais pas la trop désopilante (je plaisante) tasse en forme de cucul appartenant à Vati qui, elle, a explosé.

J'étais en train de me vautrer gentiment sur la porte de la chambre de mes géniteurs quand Mutti l'a ouverte sans prévenir. Un peu plus et je m'écrasais sur ses flotteurs.

A force d'arguments, la mère de famille a convaincu sa petite dernière de désintégrer le lit de sa sœur aînée pour rejoindre celui de ses parents. Ouf, Libby a pris ses claques et ses cliques ainsi que M. Patate, le Camion Citerne, Charlie le Cheval, la Barbie plongeuse sous-marine et tous ses « lopains ».

Bien au chaud sous la couette, je m'apprêtais gentiment à rejoindre ma copine Morphée quand qui entends-je revenir à petits petons dans ma chambre ? Libby. Nom d'un chien courant de Bosnie, ne me dites pas qu'elle a oublié un truc dégueu dans le fond de mon lit !

L'enfant se dirige droit vers ma tête et me souffle à l'oreille :

– Je t'aime, ma Georginette. Tu es ma grande sœur à moi.

Oh, non, trop chou ! Je caresse la tête de la douce enfant. Des fois, je l'aime tellement fort que je serais capable d'aller la récupérer dans une baignoire remplie de vers de terre. Dans l'hypothèse où elle serait malencontreusement tombée dedans, ce qui dans son cas n'est pas aussi improbable que vous pourriez le penser.

Comme cadeau de bonne nuit, Libby n'a rien trouvé de mieux que de me suçoter l'oreille. C'est hyper désagréable ! D'autant que l'enfant respirant comme un phoque, j'avais la nette impression d'avoir une grosse limace ronfleuse dans l'oreille. Quand même, c'était choupi-trognon.

Et trogni-choupon.

0 h 10 Je suis passée sans le faire exprès au numéro six et demi sur l'échelle de ce que vous savez avec ma petite sœur !

0 h 12 Sur le plan bécot, Super-Canon est plutôt adepte de la variation de pression des lèvres dont les garçons étrangers raffolent si on en croit Rosie. Vous voyez ce que je veux dire, un coup doucement, un coup appuyé, puis retour au doucement et ainsi de suite. Trop bien.

Oh, Robbie, comment ai-je pu douter un instant de notre amour ?

0 h 15 De toutes les manières, Dave la Marrade se la joue un peu. Qu'est-ce qu'il m'a sorti déjà à la soirée poisson ? « Il faut que tu choisisses, Georgia. Super-Canon ou moi avec qui tu pourrais bien te marrer. »

C'est tout vu, mon grand. Et ce n'est pas toi que j'ai choisi, M. Dave la Marinade. Rira bien qui rira le plus.

0 h 20 De l'autre bras, ce type est carrément docteur ès mordillons de lèvres.

0 h 25 Bizarre, je me sens toute fiévreuse d'un coup. Je me demande où est passé Angus. Ça fait des siècles que je n'ai pas entendu un animal sauvage se faire occire. Pas plus que de jappements hystériques du côté des caniches des Porte-à-Côté, Snowy et Whitey (plus connus sous le nom des Frères Dugenou). Mon gros matou doit avoir un bourdon d'enfer. A la félidé bien sûr.

Ressassant comme un fou son amour perdu.

Plus que l'ombre du super greffier qu'il fut naguère, oubliant peu à peu les jours bénis où son excédent de vermicelle n'avait pas encore quitté son caleçon de chat.

0 h 29 Non mais, qu'est-ce qu'ils ont tous avec mon lit ? Vous pouvez m'expliquer pourquoi Angus préfère dormir avec moi plutôt que dans sa gentille petite corbeille à chat rien qu'à lui ?

0 h 37 Quelqu'un peut me donner la raison de cet amour forcené pour ma figure ? J'ai l'impression d'avoir une chapka surdimensionnée sur le crâne.

C'est quoi son petit problème à Super-Matou ?
C'est quoi ?

Lundi 22 novembre

8 h 25 Tout le monde est à la totale bourre. Mutti et Libby sont parties pour le jardin d'enfants coiffées à la hérissonne, on aurait dit qu'elles avaient dormi avec deux doigts dans une prise. Si j'étais elles, j'essaierais la méthode Angus. Rien de tel pour avoir le cheveu extra plat.

Speed. Speed. Peux plus respirer. Peux plus respirer.

Jas et moi, la langue aux pieds, en train de remonter la pente du Stalag 14 à fond de train pendant que l'habituel panel de crétins de Foxwood la redescend. Pour être curieux, le crétin de Foxwood est vraiment curieux. Un exemple, deux spécimens nous croisent et font les gorilles. Je pose la question : pourquoi ? Deux secondes plus tard, c'est tout un troupeau qui se pointe et voilà t'y pas que le plus balèze des demeurés, littéralement ravagé par une acné de la tête, sort à Jas :

– T'as du feu ?

– Non, je fume pas, répond Miss Frangette.

– Je peux faire une croix sur le petit câlin, alors ? s'esclaffe tête de pizza.

Après cette sortie obscure, les veaux sont repartis en se filant des grandes claques dans le dos et en s'écroulant les uns sur les autres.

Moi :

– Excuse-moi, mais ils ont été oubliés à la distribution de maturosité ou quoi ? Pas de mouron excessif, *mon petit camarade*, question maturosité, Georgia s'y connaît. Or donc, j'ai pensé à un truc *le très riant* à faire avec la Bête A Gants les jours de neige.

Silence.

– Jas ?

– Quoi ?

– Je viens de dire quelque chose *le désopilant* et *tu ignorez moi*. Ça te dit quelque chose, non, cette bonne vieille Bête A Gants ?

– Tu parles si je m'en souviens, je me suis chopé trois avertissements à cause de toi. Tu m'avais obligée à attacher mes gants au-dessus des oreilles façon toutou coiffé d'un béret.

– A la bonne heure ! Bref, je suis à fond pour le

retour de la BAG ce trimestre, histoire de dérider les chiffonnés.

Jas faisait semblant de ne pas m'écouter, mais je savais qu'elle en mourait d'envie. Elle était à fond sur son occupation favorite, le tripotage frénétique de frange. Je lui aurais bien filé une mandale, mais je me suis retenue. A la place, je me suis fendue d'une explication du projet BAG en détachant chaque syllabe de façon à ce que Miss Frangette capte ce que je disais.

– Voilà mon idée. A partir de tout de suite, la BAG est tenue de mettre des lunettes de soleil par temps de neige.

– Quoi ?

– C'est tout ce que tu sais dire ?

– Quoi ?

– Tu le fais exprès pour me fiche en rogne, *mon petite camarade*, mais je t'aime, tu sais.

– Recommence pas avec ça.

– Tout ça pour dire que le jour où il neigera, on sera en lunettes de soleil spécial BAG, histoire de… ne pas se choper la cécité des neiges ! ! ! !

Bien la peine de m'appliquer, Jas n'a rien pigé. Décidément, je ne dois compter que sur moi pour relever le niveau d'humorisité du collège.

Rassemblement

9 h 20 Je fais part du projet BAG anti-cécité des neiges au reste du Top Gang qui me remercie d'un salut spécial Klingon. Comme de juste, Œil-de-Lynx me décoche son célèbre regard de fouine et je me dépêche de faire semblant d'écouter notre vénérée dirlo, championne toutes catégories des enrobées, j'ai nommé Fil-de-Fer. Sans blague, elle a le pied tellement vaste qu'on ne voit plus ses chaussures. A mon humble avis, l'implosion du mastodonte n'est qu'une question de temps.

La Mère Fil-de-Fer a déliré des heures sur les mérites d'Hamlet en tant qu'allégorie des temps modernes.

Pour une fois, la Mère Poids-Plume avait raison. Ne réduisons pas William Shakespeare à un très vieux raseur en collants. Après tout, c'est quand même lui qui a sorti : « Se bécoter ou ne pas se bécoter, telle est la question. »

C'est bien vrai, Willy.

Récré

Le Top Gang vient d'inventer un nouveau passe-temps destiné à combler les longues heures qui précèdent notre retour à la maison. Il se nomme : « Tout schuss sur le disco ». Chaque fois qu'un membre éminent du Top Gang prononce la formule magique, tous les autres doivent se mettre à danser frénétiquement façon années 70 (traduction : moult secouements de tête et agitation de bras). Je sais bien que c'est moi qui le dis, mais ça vaut son pesant de noix de pécan.

Allemand

On a passé tout le cours à danser disco derrière nos bureaux pendant que Herr Kamyer s'obstinait à noircir le tableau de trucs grotesques à propos d'un certain Herr Koch. Comme je lui ai fait remarquer avec beaucoup d'à propos quand la cloche a sonné :

– *Vas is der point ?*

Pause déjeuner

Il fait atrocement frisquet de la nouille. Non mais, qu'est-ce qu'on a fait au juste pour mériter ça ?

Moi :

– Quelqu'un peut me dire qui on a torturé pour être condamnées à rester dehors sur la pâlotte glaciaire ?

Rosie, Ellen, Jools et Mabs :

– Personne. On a torturé personne.

Jas ne s'est pas jointe au chœur. Elle m'a tout l'air d'avoir tourné vieux sage barbu. Jugez vous-même.

Jas :

– Oui, mais vous oubliez l'épisode sauterelles et la fois où on a fait tomber le squelette de sciences nat sur la tête du Père Attwood et…

Honnêtement, si je n'étais pas la copine d'un Super-Canon, je lui mettrais tout de suite un pain. Non mais, la philosophitude de la fille, ces temps-ci ! Je la préférais nettement quand elle était totale déprimée et sans copain. Ça ne lui vaut vraiment rien de se bécoter régulièrement.

Et voilà que les sœurs Craignos rappliquent, précédées de leurs innombrables couches de fond de teint. Sans blague, Jackie est largement plus entartinée qu'un gus de cirque. Mais si, ça ne vous est jamais arrivé de tomber nez à nez avec un trapéziste sans le faire exprès ? Le trapéziste est orange, je vous le garantis.

En se débinant par l'arrière du parc pour retourner en ville, Alison Craignos, remarquablement dépustulée pour une fois (si on fait l'impasse sur sa furonculose du cou), nous a sorti :

– Salut, les petites ! Amusez-vous bien en cours.

Moi :

– N'empêche, je me demande comment elles font pour s'en tirer les doigts dans le pif. Non mais, c'est vrai ça, elles se pointent le matin pour l'appel, ensuite elles passent une heure ou deux à torturer l'abjecte Pamela Green, ensuite elles fument une petite centaine de clopes dans les goguenots, et ensuite elles se tirent en ville retrouver les gros lards qui leur servent de copains.

Tout le Top Gang est parti d'un *tss tss tss* réprobateur en finissant ses provisions.

Rosie tremblait comme une vieille feuille.

– Il fait vraiment trop frisquet de la nouille, c'est pas possible. D'ailleurs, je me demande si je ne frise pas la gerçure de la fesse.

Entre deux patrouilles nazies conduites par Lindsay la Nouillasse (qui a beau être de surveillance, elle n'en demeure pas moins : a) insipide, b) sans copain), on a réussi à se faufiler dans le bâtiment des sciences.

Bâtiment des sciences
Sur notre radiateur attitré

Ellen :
– Elle était vraiment géniale cette soirée poisson, vous ne trouvez pas ?

Rosie :
– *Le magnifique*. Sauf que le lendemain j'ai retrouvé des bouts de poisson pané un peu partout. Je dois reconnaître aussi que mon chouchou de Sven s'est laissé un peu emporter.

Moi :
– C'est ce qui pourrait lui arriver de mieux de se laisser emporter.

Jas :
– Au fait, Ellen, qu'est-ce qui s'est passé au juste avec Dave la Marrade quand il t'a raccompagnée chez toi ?

Ellen a tourné illico toute stupide.

– Ben, tu vois quoi...

J'en serais bien restée là, mais c'était sans compter avec Miss Culotte Méga Couvrante Reine des Fouineuses qui insistait méchamment :

– Est-ce que vous avez... fait des trucs tous les deux avec Dave ?

Ellen s'est mise à gigoter bêtement sur le grille-pain à postérieurs (traduction : le radiateur).

– Ben...

Moi :

– Écoute, si Ellen a envie d'avoir son jardin secret...

Sauf qu'Ellen se serait vendue (même en solde) pour blablater à propos de mon ex largué.

– Ben, il m'a raccompagnée et...

Pleins phares sur Ellen. Sauf moi, je précise. En ce qui me concerne, je n'étais même pas en veilleuse. Pour ne rien vous cacher, je me livrais à une imitation du concombre (non, je ne me suis pas allongée en rondelles sur trois feuilles de laitue... je voulais juste dire que j'étais de marbre).

Toutes les filles ont hurlé :

– Oui... et alors ? ? ? ? ? ?

– Ben, il a, vous voyez quoi, il a ben...

Nom d'un brachet de Styrie à poil dur ! A ce train-là, j'aurai atteint les cent cinquante ans quand elle aura fini.

Ellen a piqué un fard et s'est mise à se tortiller les doigts (prodigieusement irritant comme affaire).

– Ben, en fait, c'était vraiment génial. On est allés... euh... à un genre de numéro trois et quelque.

Quelqu'un peut me dire au juste où se situe « un genre de numéro trois et quelque » sur l'échelle de ce que vous savez ? Si ça se trouve, je devrais filer à Ellen « un genre » de bourre-pif, histoire de lui faire retrouver un peu de jugeote. Stop et non, non, non. Qu'est-ce que j'en ai à faire après tout ? Décidément, il faut que je travaille ma glaciosité, ce n'est pas encore ça.

Au moment où la cloche sonnait le retour à une cruauté inhumaine (maths), Ellen m'a sorti :

– Tu sais quoi, Gee, Dave fait un truc trop génial, on dirait du… euh… du mordillon de lèvres.

Quoi, l'immonde traître en jeans moulant avait honoré Ellen d'un mordillon de lèvres !!!! Comment osait-il ?

L'autre Toute-Crétine sur son petit nuage rose continuait à délirer :

– Dis, tu ne crois pas qu'on devrait ajouter le mordillon de lèvres à notre système de cotation, Gee ?

Jas :

– C'est déjà fait. Le mordillon de lèvres, c'est six et quart.

Ellen :

– Ah bon, tu l'as déjà pratiqué avec Tom ?

La question a propulsé Jas sur cette planète inconnue qu'elle persiste à appeler son cerveau.

– Non jamais. Tom me respecte beaucoup trop pour ça et en plus, il sait que je veux passer surveillante. Mais demande à Georgia, elle l'a fait. Ainsi que du bécot d'oreille.

Toutes les filles ont hurlé en chœur :

– C'est Super-Canon qui t'a fait du bécot d'oreille ? Ça rend pas sourde ce machin ? et bla bla bla et bla bla bla.

Tierce caca.

Pile au moment où on entrait en cours de maths, voilà t'y pas qu'Ellen me pose la question fatidique :

– Au fait, Gee, tu te souviens quand on a joué au jeu de la vérité et que tu devais filer un bécot à Dave, ben… tu l'as fait ou pas ?

– Hahahahahahahahahahahahahahahahahha, telle fut ma réponse de hyène en jupe, qui sembla pleinement satisfaire Ellen.

Pour ne pas changer, je suis totale azimutée. D'ailleurs, je sens même comme un début de rosissement popotal en repensant à Dave la Marrade en train de me mordiller la lèvre.

Dire que c'est au tour d'Ellen.

Ce type est un lordilleur de mèvres en série. J'ai bien fait de le larguer.

Français

Notre Seigneur! Notre Seigneur! La vie est mêêêêr-veilleuse! Le collège organise un voyage au *gai Paris* le trimestre prochain! A l'annonce de la nouvelle, toute la classe s'est mise à scander des « *le zut!* » et des « *Notre Seigneur!* » et des « *le trop magnifique!* » jusqu'à ce que la mère Slack mette le holà à nos effusions en piquant une crise de toute première catégorie. Nouvelle trop géniale, c'est Sublime-Henri qui nous accompagnera. Beaucoup moins top, la Mère Slack et Herr Kamyer, (in)digne représentant de la nation germanique, sont également du voyage. Une lueur d'espoir cependant. Connaissant Herr Kamyer, il finira bien par tomber dans la Seine à un moment ou un autre du week-end parigot.

J'ai fait passer un mot à Rosie. Que voici :

Combien tu paries qu'on réussit le célèbre coup de « le photo souvenir » avec Herr Kamyer tombant à la flotte quand on lui sort « Reculez encore un peu, Herr Kamyer, votre short à bretelles n'est toujours pas dans le cadre » ?

Retour à la maison avec Jas. J'ai bien essayé de me servir de Miss Frangette comme d'un brise-vent mais elle n'a pas arrêté de se décaler. Pour quelqu'un qui m'aime, je la trouve incroyablement bourrée d'égoïsteté.

Moi :

– Que le slip kangourou de Tom Jones en soit remercié, personne n'a eu vent de mon bécot accidentel.

– Quel bécot accidentel ?

– Je ne peux pas te le dire. C'est un secret que je garderai par-devers moi jusqu'à mon trépas.

Oh sacré bleu ! Qu'est-ce qui arrive à Jas exactement (à part ce qu'on sait déjà et qui est visible à l'œil nu) ?

Il a suffi que je lui raconte sans le faire exprès le secret que je gardais par-devers moi jusqu'à mon trépas, pour qu'elle parte en boucle sur une histoire de honte que je serais supposée ressentir. Cette fille est vraiment d'une bonté horripilante. Un genre de Mère Teresa *mit* frange à la noix.

A la maison

Très inquiétant, Mutti est de super bonne humeur. Et qu'elle a même pensé à acheter quelque chose à manger en rentrant du boulot. Telle la mère de famille ordinaire (à part la jupe ridiculement courte). Ça fout les jetons, non ? Ne me dites pas qu'elle va m'annoncer l'arrivée d'un petit frère ou d'une petite sœur.

De toutes les manières, je ne peux pas me permettre de penser à quelqu'un d'autre. Je ne suis pas Dieu après tout. J'ai déjà suffisamment de boulot à ne penser qu'à moi.

20 h 00 Je me fais un souci d'encre pour le collège demain. Quand je pense à tout ce que j'ai à faire.

20 h 10 Récapitulons. Pose de vernis, fond de teint et maquillage des yeux devraient pouvoir tenir en cours d'éducation religieuse. La Mère Wilson n'y verra que du feu, vu qu'elle sera en train de délirer lamentablement sur le Dalaï Lama, les yaks ou est-ce que je sais. Je ne connais pas ses sujets de prédilection. Le seul coléoptère dans la garbure, c'est que si je venais en cours avec mon Babyliss même elle qui ne remarque jamais rien s'en apercevrait. Total, il faudrait que je profite de la pause déjeuner pour passer à la phase cheveux, en espérant que les sœurs Craignos ne s'amusent pas à me coller du chewing-gum dedans.

Le nez au carreau dans ma chambre

Aussi dément que ça puisse paraître, Naomi, la bombe birmane des Porte-en-Face est en train de se prélasser sur le toit de notre cabane de jardin en exhibant son gros bidon à gorge déployée. Son statut de femme adultère n'a pas l'air de la traumatiser outre mesure. Aveuglé par l'amour, Angus est quelque part à ses pieds. Maintenant que j'y regarde à seize fois, il serait plutôt aveuglé par la terre qu'il envoie balader partout en creusant comme un forcené pour enterrer un os gigantesque. Sans doute un quatre-heures pour son creux de minuit. C'est curieux, mais mon gros matou n'a toujours pas tilté qu'il n'était pas clebs. Je me demande si je ne devrais pas me fendre de quelques dessins de souris assortis d'un petit cours de sciences nat.

En descendant à la cuisine, qui trouve-je littéralement vautrés l'un sur l'autre ? Mutti et Vati. Je vous jure, vivre dans cette baraque c'est comme vivre dans un film porno. Honnêtement, elle devrait déjà en avoir marre de lui, non ? (Moi, oui.) Je n'y comprends rien. Ça fait déjà un mois que Vati est rentré, la logique voudrait qu'ils en soient aux modalités de divorce à l'heure qu'il est.

Histoire de manifester ma présence, je leur sors un « Beurk ! » mais plutôt attentionné. Sauf que heurter ma sensibilité ne fait ni chaud ni froid aux bécoteurs du troisième âge. Leur seule réaction a été de glousser stupidement, tels des... glousseurs du troisième âge embécotés.

Moi :

– Je ne veux pas qu'on m'accuse encore d'être à l'origine d'une de tes crises ridicules, Vati, mais...

– J'ai compris. Tu as de la chance que je sois de bonne humeur, tu vas l'avoir ton billet de cinq livres. C'est ta récompense pour avoir réussi ton contrôle de français.

La sortie du père de famille me coupe littéralement les bras. Une seconde tout au plus. Je les récupère vite fait pour attraper le billet.

– Euh... merci Vati... Voilà, euh... Ben, donnant donnant, alors. Je te préviens que Naomi est sur le toit de la cabane de jardin et qu'Angus n'est pas précisément aux antipodes. En fait, juste avant que je descende, il lui léchouillait le cucul.

Contre toute attente, ma déclaration ne déclenche aucun cataclysme chez les ancêtres. Le fin mot de l'histoire, c'est que les Porte-en-Face ont fini par comprendre que le fiancé bourré de pedigree qu'ils avaient présenté à Noami il y a quelque temps ne s'était pas contenté de grignoter des amuse-gueules de chat avec elle pendant sa visite.

Vati :

– Deux solutions : soit Bourré-de-Pedigree est le père, soit c'est le Saint-Esprit.

Ben, pourquoi pas ! Et donc si ça se trouve, Naomi donnera naissance à un petit Jésus velu (une tripotée plutôt). Après tout, l'accouchement est prévu pour Noël. Et comme chacun sait : les voies du Seigneur sont impénétrables.

Coup de fil à Jas :

– Tu ne trouves pas que ça fait réfléchir, cette histoire ?

Miss Frangette était toute bizarre, style sur son quant-à-elle.

– Pas du tout. Moi, ce qui me fait réfléchir, c'est ça : je me demande comment certaines personnes dont je tairai les noms sauf le tien, Georgia, peuvent mener en bateau leurs soi-disant copines !

Elle remettait son disque avec l'affaire Ellen et Dave la Marrade.

Intervention de Georgia *mit* jugeote.

– Écoute ma petite vieille, que celle qui jette la première pierre ôte d'abord la poutre qu'elle a dans la culotte.

Forcément, l'adage plonge Miss Frangette dans une profonde réflexion à l'issue de laquelle elle me sort :

– Nom d'un lévrier hongrois, de quoi tu me parles au juste ?

Ça me tue de le reconnaître, mais là, elle m'a eue.

Le problème avec Jas c'est qu'elle a une vie atrocement plan-plan. Ah, c'est sûr que l'enfrangée n'a pas la plus petite idée de ce que c'est que d'avoir le popotin illuminé par le… rosissement popotal.

Moi :

– Jas, Jas, ma petite courge, je te répète que JE N'AVAIS PAS L'INTENTION de me bécoter avec Dave la Marrade. C'était un accident. Je suis une ado, ne l'oublie pas. Je n'ai pas toujours le total contrôle sur mes abattis.

– Quels abattis ?

– Ben, tu vois, quoi. Par exemple, j'ai un peu de mal à maîtriser mes nunga-nungas... Et dans le cas de l'épisode Dave la Marrade à la soirée poisson, mes lèvres se sont mises à pulper toutes seules.

– En ce qui me concerne, je suis également une ado et je PEUX contrôler mes abattis.

– Qu'est-ce que tu fais de ta frange ?

– Ma frange n'a rien à voir avec se bécoter avec le copain d'une copine.

– Tu sais quoi, Jas, tu es en train de devenir complètement réac.

– Faux.

– Ben, alors, cite-moi un truc intéressant que tu as fait avec Tom ces derniers temps.

– On a fait des tonnes de trucs furieusement intéressants.

– Comme quoi, par exemple ? Et ne t'avise pas de me parler ramassage d'œufs de grenouilles.

– Ben, comme tu sais, Tom veut faire écologie à la fac et donc... Au fait, je t'ai dit qu'on avait vu des empreintes de blaireau dans le parc...

– Jas, tu as les portugaises ensablées ou quoi ? Qui te parle des us et coutumes du blaireau ? La dame te demande de lui citer un truc intéressant que tu aurais fait avec Tom ces derniers temps, tu piges ?

Peine perdue, Miss Frangette était repartie dans une zone inaccessible de son cerveau. Dont elle revenait finalement.

– Et si je te disais que Tom m'a fait un suçon ?

– *Le non !*

– *La oui.*

– Je l'ai jamais vu.

– Je sais.
– Où il te l'a fait ?
– Sur le gros orteil.

21 h 00 Le truc qui m'inquiète vraiment avec mon statut de copine de Super-Canon, c'est qu'à l'occasion des multiples interviews sur ma vie de « people » que je ne manquerai pas de donner un jour ou l'autre, Jas interviendra forcément et il y a fort à parier qu'elle sorte des énormités. Sans compter qu'elle risque d'exhiber son suçon d'orteil devant les journalistes. Voire ses culottes.

21 h 15 N'empêche, l'affaire suçon aura eu le mérite de lui ôter le désastre Dave la Marrade de la tête.

Couchée tôt en vue de ma grosse journée bécots de demain. Je veux le total look sublime pour retrouver Super-Canon et surtout pas la tronche bouffie avec les mini yeux de cochonnette comme c'est parfois le cas quand des givrados (j'ai nommé Angus et Libby) m'empêchent de dormir. Aucun risque, ce soir, Mutti a permis à Libby de dormir avec Angus dans sa corbeille (celle d'Angus). Je suis tranquille.

21 h 35 Ah... enfin bien au chaud dans mon petit lit. Le seul iguane dans ce ciel d'azur, c'est que je dois dormir assise pour cause de rouleaux sur la tête en vue d'un max de ressort au rayon cheveux.

21 h 40 Sonnerie du téléphone, suivie d'un hurlement de Vati.

– Georgia, c'est encore une de tes petites copines. Tu ferais bien de te dépêcher, ça m'a l'air urgent. A mon avis, elle est en panne de brillant.

Trop le désopilant, Vati.

Mais ça n'était pas terminé. Quand j'ai déboulé dans l'entrée, Super Dingo m'a sorti :

– Nous ne vous voulons aucun mal. Conduisez-nous auprès de votre chef.

Faisant mine de me prendre pour une extra-terrestre sous prétexte que j'avais des rouleaux sur la tête. Ça ne présage rien de bon cette bonne humeur frénétique chez le père de famille.

Je prends le combiné. C'est Ellen ! Oh, oh. Espérons qu'elle ne décèle pas ma duplicité rosacée.

– Salut, Georgia. Est-ce que je peux te demander un truc ?

– Euh… quoi par exemple ?

– Ben, tu connais Dave la Marrade ?

SI JE CONNAIS DAVE LA MARRADE ? ? ? ? ? ! ! ! !

Je fais la fille pas trop sûre.

– Je connais bien une Dave la Belette, mais pas de Dave la Marrade… Ah… mais tu veux parler de Dave la Marrade… alors oui, je vois qui c'est. Et alors ?

– Ben, tu sais que je le trouve trop craquant et tout et tout et qu'il m'a fait le coup du mordillon de lèvres, et tu vois quoi, c'était plutôt géant et pas pas géant par le fait… et tu sais que ça fait méga longtemps que je le trouve craquant et je me disais que si ça se trouve l'épisode mordillon de lèvres prouvait… ben… qu'il me trouvait craquante aussi…

(Nom d'un smous des Pays-Bas ! Je le voyais venir gros comme une caravane qu'on serait en l'an trois mille avant qu'elle ait craché le morceau.)

Pendant ce temps-là, Toute-Crétine continuait à délirer dans le conduit du téléphone. J'ai repris à :

– Bref, on est quasi mardi.

– Et alors… ?

– Ben, il ne m'a toujours pas appelée. Qu'est-ce que je devrais faire, à ton avis ?

– Il a dit qu'il t'appellerait ? (Rassurez-vous je n'en avais rien à battre des déclarations de mes ex-bécotés. Si j'ai posé la question à Ellen, c'était uniquement par pure super copinerie.)

– Pas vraiment.

– Qu'est-ce qu'il a dit alors ?

– Il m'a fait : « Je trace hilare à dos de chameau véloce… A plus. »

– Oh, oh.

– Quoi ?

– Réfléchis un peu, on se trouve dans le cas de figure du célèbre « à plus » des garçons, là, non ?

– Comment ça, Gee ? Tu veux dire que ce serait un « à plus » comme dans « à plus » et non pas comme dans « à plus » ?

– *Exactamondo*.

Toute-Crétine a repris son petit bourrichon là où elle l'avait laissé. De toutes les manières, elle ne voyait pas comment Dave la Marrade lui aurait fait du lordillon de mèvres s'il ne tenait pas elle, etc., etc. J'étais épuisée. Je me serais bien couchée par terre mais mission impossible avec mes rouleaux. Non mais, qui je suis au juste ? L'oracle de Nèfles ou quoi ?

Trois ans plus tard, elle raccrochait.

22 h 00 Oui, mais une supposition qu'Ellen découvre le pot aux roses concernant l'affaire bécot accidentel avec Dave ? Qu'est-ce qui se passerait ? Elle pigerait que c'est le genre de trucs qui arrivent dans la vie et me garderait comme copine, ou bien elle me bourrerait de ramponeaux jusqu'à plus soif ? Mystère.

Et maintenant, une supposition que je sois dans les ballerines d'Ellen, je réagirais comment ?

Si seulement j'étais moins attentive aux autres, moins à l'écoute toujours ! Comme me l'a très justement fait remarquer Œil-de-Lynx en cours d'anglais, j'ai une imagination débordante.

22h15 En réalité, la capote de service a traité mon imagination de « révoltante ». Cette femme est terriblement jalouse. Forcément, elle ne fait rien de sa vie (à part nous torturer).

22h40 J'ai l'impression que mon nez pèse des tonnes. Je ferais bien de faire un contrôle anti-pustulette intra-pif.

22h47 Hum. Je ne vois rien d'inquiétant. De l'autre pied, mon pif n'est pas vraiment sur la voie du rapetissement. Demain, je n'ai pas intérêt à oublier de maintenir mes narines à l'intérieur de ma figure les fois où j'offrirai une vue panoramique de mon anatomie faciale à Super-Canon.

22h55 Sur le plan positif, je note que mes nunga-nungas n'ont pas l'air de vouloir pointer plus qu'à l'ordinaire. Si ça se trouve, ils ont cessé de pousser. A moins qu'ils soient partis pour les vacances de Noël en attendant d'éclore (au sens propre du terme) au printemps.

23h00 Si je les mesurais vite fait...

23h05 Horreur, malheur et foutu *sacré bleu* ! Mes nunga-nungas font 96 centimètres de diamètre ! ! ! Et pourquoi pas un mètre pendant qu'on y est ! Il y a sûrement un truc qui cloche avec le mesureur.

23 h 10 Deuxième essai et résultat identique ! C'est total hallucinant que je puisse encore me déplacer. Quand j'y pense, c'est comme si je trimballais deux mini êtres partout avec moi.

Je suis drôlement embêtée. Ah, si seulement je connaissais quelqu'un avec qui aborder ce genre de sujet. J'ai beau savoir qu'une force invisible œuvre à notre insu sans qu'on n'y pige que couic, je me vois mal demander conseil à Jésus au rayon flotteurs.

Ou à Bouddha.

N'empêche, sans vouloir offenser Bouddha et tout le tralalère, au cas où Sa Sainteté existerait (en fait je n'en doute pas une seconde), j'ai déjà vu des statues de lui et honnêtement, sur le plan nunga-nungas, il ne chausse pas non plus dans le petit bonnet.

minuit Figurez-vous que samedi dernier chez Marks & Spencer je me suis aperçu qu'il y avait un service « mesure du flotteur » dans le magasin (super comme boulot ça, métreuse de nunga-nungas… je plaisante). Je me demande si je ne devrais pas aller me faire recenser le flotteur par un professionnel, histoire d'être fixée une bonne fois pour toutes sur ma forme (mes formes).

1h00 Angus n'est pas loin de reprendre le dessus. A l'heure où je vous parle, il régale les chiens jappeurs du Père Porte-à-Côté d'un très joli pot-pourri de ses deux derniers hits : *Miaou 1* et *Miaou 2, le remix*.

Ça mérite que je sorte du lit. Non, mais le courage du félidé face à la douleur ! Je l'aime trop mon gros

minou (même s'il a ruiné la moitié de mes collants).
Honnêtement, il aurait pu baisser les bras comme
tout le monde. Pas lui. Non, Angus n'est pas le matou
à baisser les bras devant l'adversité. Il n'a rien changé
à ses habitudes. Constatez vous-mêmes. Juste là
maintenant, il est en train d'avoiner gentiment les
frères Dugenou. Et vous savez ce que fait cette
cochonne de Naomi pendant ce temps-là ? Elle se
pavane sur le rebord de la fenêtre des Porte-à-Côté,
le cucul en l'air et je vous épargne le reste. La rouerie
de cette femme est odieuse. Non mais, sans blague,
comment ose-t-elle imposer à Angus cette caricature
d'imposture de son soi-disant amour pour lui. Ça me
rappelle une chanson trop merdique. Elle parle d'un
type qui revient du Vietnam en chaise roulante. Ce
n'est déjà pas joyeux, mais le pire reste à venir. Sous
prétexte qu'il ne peut plus se lever, sa femme en profite
pour aller batifoler ailleurs. Alors, forcément, il se
lamente : « Alexandrie, Alexandra, je te mangerai crue
si tu ne me reviens pas ! »

Eh bien voilà ce qu'Angus pourrait chanter, lui :
« Naomi, Naoma, je te mangerai crue si tu ne me
reviens pas ! » Enfin, pour ça il faudrait que Super-
Matou sache chanter. Ou parler. Et qu'il circule en
chaise roulante, bien sûr.

Opération Total Désastre

Spectacle de Noël

(Intitulé « Congrès de nases en collants »)

Mardi 23 novembre

Petit déj'

Vati est en train de se déhancher sauvagement sur *Sex Bomb* qu'il massacre allégrement de sa voix de crécelle. A ce train-là, il va encore finir aux Urgences. Ça ne serait rien si l'homme ne faisait en plus le très intéressé par la vie de sa progéniture. Tous aux abris !

Le voilà même qui me prend dans ses bras (!).

– Tu sais quoi, ma Gee, je vous emmène toutes les trois au cinéma ce soir, qu'est-ce que tu en dis ?

– Super ! ! ! ! ! ! ! ! ! !

Va savoir pourquoi, le père de famille a cru que je m'extasiais pour de vrai et il est parti tout joyeux inonder quelques baraques de gens ou se livrer à tout autre activité du même acabit que le Service des Eaux a le malheur de lui confier.

Profitant de ce que Mutti était gentiment occupée à retirer les bouts de porridge collés dans les cheveux de Libby avant son départ pour le jardin d'enfants, je lui glisse sournoisement :

– Mutti, c'est trop bête, mais ce soir je ne peux pas aller au cinéma... il faut que je reste après les cours.

45

Je dois filer un coup de paluche pour... le spectacle de Noël.

Toujours le nez dans la tignasse de Libby, Mutti s'exclame :

– Ah bon ! tu joues dans le spectacle ?

– Je ne joue pas, j'aide juste en coulisse. Salut, Mutti ! Salut, Libbynette !

– Saggut, Georginette ! Donnez bécot à M. Fromage.

Donner un bécot à M. Fromage est positivement dégoûtant (je précise pour ceux qui ne le connaissent pas que M. Fromage est un vieux bout d'Edam affublé d'un chapeau). Remarque, en fin de journée quand M. Fromage reviendra du jardin d'enfants, l'opération bécot risque d'être encore plus révoltante. Tout ce que je peux espérer, c'est qu'un petit « lopain » l'ait mangé dans la journée.

Rapide contrôle beauté dans mon miroir de poche avant d'arriver devant chez Jas. Huit sur dix au rayon ressort du cheveu ! Je suis totale survoltée. Quand je pense aux quintaux d'amour que Super-Canon m'inspire, je n'ose imaginer ce que ce sera sur le plan memêêêêêêêêêêêrveilleux une fois aux States. Possible que je quitte la Vallée du Trop Bien pour arriver direct sur Délireland. A ce propos, je me vois très bien écrire des paroles de chanson. Une évidence que je partage illico avec Miss Frangette.

Moi :

– Merci, merci à vous tous, mon public chéri ! Et maintenant, je vais vous interpréter ma dernière composition. Elle s'appelle *Super-Canon*. « Oh, Robbie, tu fais battre mon cœur, j'aime tes yeux bleus et ton... »

Triple caca, me voilà confrontée au célèbre trou du parolier.

– Jas, dis-moi vite un truc qui rime avec « cœur »

– Qu'est-ce que tu dirais de « traître » ou de « copine nulle » ?

– Tu ne vas pas remettre ça... Ah, ça y est, j'y suis. « Tu fais battre mon cœur, j'aime tes yeux bleus, ô toi mon roi des bécoteurs!!!! » Aucun doute possible, je suis un génie.

Tout à la joie de ma trouvaille, je pose un bras amical sur l'épaule de Miss Frangette.

– Dis, tu me montreras ton suçon quand on sera arrivées au collège ?

La joue légèrement empourprée, la copine me fait :

– D'accord, mais tu en parles à personne.

Plutôt comique comme mise en garde venant de Radio Jas !

Rassemblement

Sur le plan soporifique, Fil-de-Fer se surpasse ce matin.

On s'est fait tartir au-delà de la tartitude et jusque dans la twilight zone des très vieux siphonnés.

Quand on parle de vieux siphonné, on en voit la casquette. Le rassemblement n'était pas plutôt terminé qu'on avise Elvis Attwood en train de martyriser des tuyaux à coups de marteau.

Une remarque de moi-même s'imposait :

– Si vous voulez mon avis, M. Attwood, vu votre dévouement au rayon gardiennage de collège, vous devriez être fait chevalier. Plus que tout autre, vous méritez de vous prendre un coup d'épée rouillée sur l'épaule.

 Non mais, qu'est-ce qu'ils ont au juste dans cette boîte!!!!!!! On vient de se prendre

un blâme avec Rosie ! Et comme si ça n'était pas suffisant, on doit rester toute la semaine après les cours
aider les crétines qui jouent dans le spectacle de *Peter
Pan*. J'y crois pas ! ! ! ! ! ! Et pour quelle raison est-on
pénalisées, je vous le demande ? Tout simplement parce
qu'on pèche par excès d'enthousiasme et de *le joie du
vivre*. (Bon d'accord, et aussi parce qu'on s'est laissées
aller à un « tout schuss sur le disco » au son de « Plus
près de toi, mon Dieu » pendant le rassemblement.)

Je ne comprends pas que la désopilure de la chose
ait pu échapper à certain(es). Comment, mais comment
Œil-de-Lynx a-t-elle pu qualifier cette expression de
notre vitalité « d'outrageusement infantile » ?

10 h 30 Si ça se trouve, je ne suis ni plus ni moins
que le fils du Malin en jupe. Ce qui explique
que j'ai le troisième œil. Non, je me goure. Je voulais
dire le don de double machin… comment ça s'appelle
déjà ? Ah oui, le don de double vue. Rendez-vous
compte, ce matin j'arrive à faire croire à Mutti que je
reste après les cours aider les nases du spectacle alors
que c'est un bobard et pas plus tard que tout de suite,
c'est la vérité vraie. Possible que je sois douée de pou-
voirs extraglucides.

11 h 00 La réponse est non. Ça fait un quart de siècle
que j'essaie de faire tomber la pendule
murale sur la tête d'Œil-de-Lynx par ma seule volonté et
tout ce que j'obtiens, c'est… une migraine grand format.

Dans les toilettes

Moi :
– Pour la première fois de ma vie j'ai le cheveu
impec au niveau ressort, et pan, je suis collée.

Jas :

– Tu n'avais qu'à pas faire l'idiote.

Non mais, il faut qu'on m'explique ce qu'il y a d'idiot dans « tout schuss sur le disco », je ne vois pas.

Miss Frangette avait l'intention de me montrer son suçon, mais je me suis trouvée subitement dans la totale incapacité de m'y intéresser.

Éducation religieuse

Visez un peu ce que la Mère Wilson vient d'écrire au tableau : « Relations : quels sont les ingrédients ? »

Nom d'un terrier irlandais à poil doux, l'experte en théologie me paraît être la plus mal lotie pour aborder le sujet. D'autant que c'est la seule femelle au monde de plus de six mois à porter une blouse rose. Ne me dites pas que le spécimen n'a pas au moins un poteau dans son entourage pour lui donner ce sage conseil : « Si tu mets ta blouse à la poubelle, on oublie » ?

A propos de blouse, je me demande si je ne devrais pas confectionner une petite robe de grossesse à Naomi. Histoire d'être raccord avec l'esprit de la Nativité.

Toujours au rayon créativité, Rosie a fait des dreadlocks à son crayon. Elle me fait passer un mot :

En tant que Rasta, l'homme a des opinions très arrêtées au rayon liberté religieuse.

Je lui réponds aussi sec.

Ôte-moi d'un doute, ma Roro, tu as quand même tilté que c'était un crayon ?

Réponse de Rosie.

Justement, ça le rend d'autant plus remarquable.

Pour tout vous dire, cet échange épistolaire n'était destiné en fait qu'à nous remonter le moral rapport au désastre *Peter Pan*.

Qu'est-ce que je vais bien pouvoir raconter à Super-Canon quand je le retrouverai tout à l'heure ? Mot à Jas.

Qu'est-ce que tu en penses ? Est-ce que tu crois que si j'avoue à Super-Canon que j'ai été condamnée par la haute autorité à rester aider des nases en collants, il va me prendre pour une petite collégienne décérébrée ?

Réponse de Miss Frangette.

Oui. C'est ce que tu es de toutes les manières !

Trop sympa, encore merci. Et bonjour chez toi.

Dernière sonnerie

15 h 50 En deux secondes chrono, j'avais quitté la classe et je me retrouvai pile devant la glace des vestiaires. Que je vous livre mon plan : maquillage d'urgence, petit sprint jusqu'à la grille, mini bécot avec Super-Canon, rapport sur mon incarcération injustifiée par les nazis de service (avec version édulcorée de l'épisode « tout schuss sur le disco » au cas où l'homme irait s'imaginer des trucs à propos d'infantilisme), deuxième mini bécot (à vue de nez je dirais numéro quatre sur l'échelle de Richter), et enfin retour à la vitesse de la lumière dans le préau avant 4 heures.

Speed, speed. Mascara, rouge, brillant, retournure de jupe, ébouriffage de cheveux. Impec. Prête à éblouir Super-Canon en cinq minutes et trente secondes. Record du monde battu !

Je n'avais pas mis un demi pied dans le couloir qu'il y avait déjà collision avec la Mère Œil-de-Lynx qui rôdait dans le coin tel le piranha. Oh, *scheissenhausen* !

Et voilà que la très vieille nazie me regardait sous le pif.

– Georgia, pourquoi faut-il que vous mettiez du mascara pour travailler au spectacle de Noël ? Enlevez-moi ça IMMÉDIATEMENT et retournez dans le préau !

Repli sournois dans les toilettes. Une telle situation nécessitait de recourir au célèbre stratagème dit « je me tire par-derrière en enjambant la fenêtre des goguenots ». C'était moins une que je décapite deux sixièmes en sautant. Ouf, j'y suis. Méga sprint, je longe le terrain derrière le collège, je plonge dans « l'allée des clopes » (baptisée ainsi en hommage aux sœurs Craignos dont c'est le Q.G.), allée des clopes qui sépare le bâtiment des sciences de... Et là qui vois-je de l'autre côté de la grille ? Super-Canon dans toute sa supercanonitude ! Toutes les filles le reluquaient gravement en sortant du collège. Il y en a même une, Ali King, qui a failli se dissoudre sur place juste parce que Super-Canon lui disait bonjour.

Repli maxi des narines à l'intérieur de la figure, puis je déboule l'air de rien, atrocement séduisante de par ma décontracture.

– Salut, Robbie !

Nom d'un bouvier de l'Entlebuch, j'ai réussi à dire un truc normal à Super-Canon ! Ce jour est à marquer d'une pierre rose. L'homme me dégaine son sourire breveté et il me fait :

– Salut, Georgia !

Après quoi il passe sa main dans mes cheveux (probablement pour tester leur ressort dément) et se penche pour me filer un bécot. Ouaouh ! j'avais beau avoir les yeux fermés, je savais que tout le monde nous regardait. J'ai bien essayé d'ouvrir les paupières pour vérifier, mais tout ce que j'ai vu c'est une masse rose informe proprement gigantesque. Je ne vous raconte pas la panique. Heureusement qu'au bout d'un moment, j'ai fini par percuter que la protubérance hors normes qui m'avait bouché la vue n'était autre que mon pif en macro vision.

16 h 15 Vraisemblablement pour me remercier d'être la crème des filles, Jésus décide de me faire entrer dans Sa lumière en me retirant habilement l'épine que j'ai dans le nougat. Visez plutôt. Je n'ai pas besoin d'inventer je ne sais quel bobard à Super-Canon pour justifier qu'on ne se voie pas ce soir, il m'annonce lui-même que la séance bécot est annulée pour cause de rendez-vous téléphonique avec un discman du Pays-du-Hamburger-en-Folie.

La nouvelle me remplit d'un mélange de tristessitude mâtinée de soulagement et à peine relevée d'une pointe de je-reste-sur-ma-faim.

16 h 30 Là, je crois qu'on a touché le fond avec Rosie. Deux super activités au programme de notre pensum : aider les « interprètes » de *Peter Pan* à enfiler leurs costumes et ranger les accessoires ! On a été bombardées responsables des « loges ». Je vous en ficherais des loges, moi. Il s'agit ni plus ni moins que des vestiaires de gym. Que je vous indique le déroulement des opérations. Rosie et moi, on sort les accessoires et les costumes dans l'ordre d'apparition sur scène et on les accroche aux patères pendant que la Mère Stamp, veilleuse au grain officielle, s'agite stupidement dans tous les sens.

Je vous demande un peu, le rôle principal a été confié à Lindsay la Nouillasse ! De mon point de vue, c'est un miscasting total. L'insipide joue en tunique et collants verts alors qu'elle a des jambes de phasme ! Et pour ne rien arranger, elle m'a prise dans le nez sans aucune raison valable (si ce n'est que je lui ai piqué son copain). Elle a refusé tout net que je sois son habilleuse. C'est Rosie qui est de corvée d'enfilage de collants (beurk!). Quant à moi, j'ai hérité de Kate la Consternante qui joue Wendy. Et j'ai l'insigne horreur de lui mettre son immonde perruque à nattes.

Du haut des vestiaires, cinq siècles de total ennui me contemplent. Serai-je un jour libérée de ce trou à rats?

17 h 10 A l'heure qu'il est, Super-Canon doit être en train de bigophoner aux types du Pays-du-Hamburger-en-Folie.

18 h 00 Moi:
– Au fait, ma Roro, vous parlez beaucoup avec Sven?

La question plonge la copine dans une réflexion éclair.

– Sven parle sans arrêt.
– De quoi?
– Comment veux-tu que je le sache? Tu n'es pas sans ignorer que le garçon n'est pas Anglais. A mon avis, il est renne pour ce que je sais.
– Et ça ne te gêne pas que vos échanges se limitent au bécot?
– La réponse est non.

20 h 00 Enfin de retour à la maison dans le sanctuaire de mon nid d'amour.

Notre Seigneur, non mais, le mortel ennui de cette répétition de *Peter Pan*! Je crois que je me suis fait encore plus tartir que les fois où Vati raconte ses aventures au Pays-du-Kiwi-en-Folie. Mais on s'en tamponne le coquillard avec une patte d'alligator femelle car je suis enfin à la maison dans ma petite chambre libérée des envahisseurs (Libby).

Tiens, ça fait des lustres que je n'ai pas écouté mon disque de dauphins. Si je le mettais pour accompagner ma méditation intérieure sur mon moi personnel.

20 h 10 Il faut me présenter d'urgence le type qui a décrété que le dauphin calmait. Le dauphin pousse des crouics, et c'est tout.

20 h 15 N'empêche, le dauphin me fait de la peine. C'est vrai ça, il y a toujours tout un tas de gus atrocement déprimés qui tiennent absolument à nager avec lui. Possible que ça remonte le moral du dépressif, mais je mettrais ma tête au feu que ça mine gravement la bestiole. Tout ce que veut le dauphin, c'est se taper une bonne marrade avec ses poteaux, mais il n'y arrive jamais. Dès qu'il commence une partie de cabillaud au prisonnier avec sa bande, il a tout de suite une tripotée de consternants collés au derrière qui lui caressent le museau en versant des seaux de larmes.

Serais-je sévère ?

20 h 35 Toute la petite famille est de sortie. Encore. Chez Oncle Eddie, cette fois. Nom d'un retriever à poils plats, qu'est-ce que c'est rasoir d'être toute seule. A ce train-là, je vais être obligée de me mettre à mon devoir de sciences nat.

21 h 00 Coup de fil à Jas.
– Jas ?
– *Le pourquoi ?*
– Qu'est-ce que tu fais ?
– Mon devoir de sciences nat.

– *Le pareil*. Tu as fait le dessin de l'hydre ?

– *Le oui*.

– Tu as fini ses tentacules pousseurs ?

– *Le non*.

– Moi oui. J'ai ajouté un petit plus à la mienne. Le tentacule pousseur de mon hydre lui enfourne un cracker au fromage dans la bouche.

– L'hydre ne mange pas de cracker au fromage. C'est de la faune aquatique.

– Dis donc, reste polie !

– Ben, je suis polie. Je te rapporte juste un fait biologique.

– Bon d'accord, ma petite vieille, mais as-tu déjà envisagé l'hypothèse suivante ? Une supposition que l'hydre ne mange pas de crackers au fromage tout simplement parce que personne n'a jamais eu le tact de venir lui en proposer dans son étang ! Je pose la question : l'hydre n'est-elle pas une femme comme les autres ?

21 h 15 Non mais, l'ennui !

Dans *Ne vous noyez pas dans un verre d'eau*, l'auteur préconise de faire quelque chose d'utile pour les autres.

21 h 30 Je peux me faire 48 petites nattes.

21 h 35 J'ai l'air d'une vraie gogol avec ça sur la tête.

21 h 40 Téléphone !

– Allô, Georgia ?

Yes et triple yes ! ! ! ! C'était Robbie.

La maison de disques des Stiff Dylans a signé un accord avec une grosse boîte américaine qui propose à Super-Canon et à ses poteaux de faire une tournée plus d'autres trucs et d'autres machins au Pays-du-Hamburger-en-Folie ! ! ! ! Ouaouh ! ! !

Coup de bigo à Jas.

– A ton avis, je prends quoi au rayon tenue pour la tournée ? Si j'opte pour le total look noir, je ne risque pas la faute. Qu'est-ce que tu en dis ?

– J'en dis que ton père ne te laissera jamais partir en Amérique en tournée avec un groupe.

– Attends de voir, ma petite vieille.

22 h 00 Le Top Gang me manquera atrocement quand je serai en Amérique avec mon Super-Canon.

Retour de la petite famille.

– Saggût, Georgie !

C'est ma Libby. Elle me tend ses petites mains pour que je la prenne dans mes bras.

Comme de juste, je me tape le célèbre match de catch « Libby contre Georgia » à l'issue duquel, victorieuse, je fourre la douce enfant dans son petit lit. C'est mon jour de chance, elle ne m'a pas craché dessus.

Qu'est-ce qu'elle va me manquer quand je serai en tournée !

22 h 15 Descente au salon en vue d'une taillade de bavette avec mon cher vieux Vati. Maintenant que je n'ai plus très longtemps à souffrir de sa présence, je me sens animée de sentiments quasi affectueux à son égard. Je trouve l'ancêtre vautré sur le canapé en train de regarder la télé en se tortillant la pilosité mentonnière.

– P'pa.

– Hum.

– Euh… admettons qu'on me propose un change-
ment de vie hyper génial, ben… tu me laisserais partir ?

– Ne me dis pas qu'il y a des dingues qui veulent
t'adopter ? me répond l'homme en riant comme un
vieux siphonné barbu (qu'il est).

Je ne me suis pas départie de ma dignité.

– Irrésistible ! père. Mais revenons à nos génisses.
Une supposition que je sois invitée en Amérique,
je pourrais y aller ?

– Non.

– Alors je peux aller à Paris avec le collège à la
place ?

– Je croyais que tu ne pouvais pas piffrer Édith Piaf.

– Je confirme. Mais *je aime* à mort les autres Français.

Tout ça pour dire que j'ai l'autorisation d'aller à
Paris. J'ai fait un poutou à mon Vati pour le remercier
et j'ai cru que sa tête allait tomber par terre. Je ne vois
pas ce qui surprend le père de famille. Je peux être très
bonne fille quand je veux ! Surtout si j'ai émigré à six
mille kilomètres de la maison.

Minuit Paris de *le bel France* est la première ficelle
de mon plan. Mais attendez que je vous
annonce la deuxième : Paris, État du Texas aux
States ! ! ! ! !

A moi les Hamburgers-en-Folie !

Vendredi 26 novembre

Français

A part les sœurs Craignos (hourra), l'abjecte Pamela
Green et Monica la Confidante (MC), toute la classe

participe au voyage pour *la gai Paris*. Les mamans de l'abjecte et de MC ne les laissent pas partir par crainte que l'eau de *le bel France* soit polluée et que les deux bigleuses perdent leurs bésicles. Ce qui, de mon point de vue, serait un plus.

Sublime-Henri nous a entretenues du déplacement outre-Manche, assis sur le bureau. Oh la la la la. Bien sûr que j'ai remisé mon rosissement popotal, mais il n'en demeure pas moins que je trouve le francophile terriblement craquant. A un moment, il nous a sorti :

– A Paris, je vous montrerai… comment dites-vous déjà… ah, oui… mon total.

– Oh, oh ! ai-je finement fait remarquer.

Commentaire qui a jeté Rosie dans un état d'hilaritude considérable.

16 h 20 Même lieu, même punition : les vestiaires de gym et le désastre *Peter Pan*. Si vous voulez mon avis, être soumise jour après jour au spectacle consternant des jambes riquiqui de Lindsay la Nouil-lasse constitue un crime contre l'humanité. Et vous croyez que je pourrais partager cette conviction avec « the » lesbienne des temps modernes, j'ai nommé la Mère Stamp ? La réponse est non. La pauvre femme ne se tient carrément plus. Une main sur un costume, l'autre sur le chien Nana (interprété par l'abjecte Pamela Green) qu'elle envoie gambader de-ci de-là. A ce propos, l'abjecte fait atrocement bien le chien. Ça fout les jetons. D'ailleurs, je songe à lui enseigner quelques petits tours divertissants.

Backstage

18 h 00   En train de farfouiller parmi les accessoires à la recherche d'une baguette magique de rechange pour la fée Tinkerbelle (interprétée par Melanie Andrews, 150 bonnet F au rayon flotteurs). Nana lui a cassé la première en lui sautant dessus par erreur.

Le nez dans la caisse, je sors à Rosie :

– Dis, tu trouves que c'est raisonnable de laisser Melanie Andrews livrée à elle-même sur une scène ?

– Tu rigoles ? Que je sache Melanie affiche une légère surcharge pondérale. Une supposition que ses flotteurs surdimensionnés la fassent basculer en avant et qu'elle écrase une sixième au premier rang, hein ?

– En tant qu'habilleuses en chef, je pense qu'il serait de notre devoir de la faire interdire de scène pour cause de sécurité et de santé publique.

Mardi 30 novembre

Les Stiff Dylans ont répète tous les soirs. Robbie m'a proposé de venir écouter leurs nouveaux morceaux le week-end prochain. Il serait temps que je m'intéresse à ma nouvelle vie. Si ça se trouve, je pourrais faire quelques propositions au groupe au chapitre paroles.

Samedi 4 décembre

Sven et sa bande organisent une randonnée nature et découverte demain après-midi. J'interroge Rosie sur la question.

– C'est quoi une randonnée nature et découverte, ma Roro ?

– Ben, tu vois, quoi. On va au parc et on se bécote.

De toutes les manières, je ne peux pas me joindre aux joyeusetés champêtres, je suis de répète avec les Stiff Dylans. Après Noël, le groupe fait une mini tournée en écosse et au Pays de Galles. Et ensuite, ils graveront leur premier album. Coco. Non, Coco n'est pas le titre de l'album, c'est juste une ponctuation dans le vocabulaire des gens du show-biz.

Coup de fil à Jas pour l'informer.

– Les Stiff Dylans vont graver leur premier album, Coco.

– Pourquoi est-ce qu'ils l'ont appelé *Coco* ?

A l'occasion de conversations avec Jas, il arrive fréquemment que mon désir de vivre décline considérablement.

Dimanche 5 décembre

Au cas où j'oublierais, rappelez-moi de ne plus jamais assister à une répète de groupe. Il n'y a rien de plus casse-bonbecs au monde que de regarder des gus faire des trucs et des machins et parler de leurs petites personnes quand on n'a strictement rien à voir dans l'affaire. N'ayant d'autre alternative, je suis restée sur mon quant-à-moi à hocher la tête un bon million d'années.

Et griotte sur le gâteau, j'ai la nette impression que les membres du groupe me trouvent bizarre. Je me demande pourquoi. J'ai toujours fait preuve d'une immense sophistication en leur présence. Si on oublie la fois où Dom, le batteur, m'a demandé ce que je voulais faire plus tard à la fac et que je lui ai répondu « Clodette ».

Bon d'accord, et aussi la fois où je me suis déhanchée sauvagement devant le père de Dom à un concert, croyant que c'était un chasseur de talents du Pays-du-Hamburger-en-Folie. Alors que non, c'était juste le père de Dom qui attendait la fin du spectacle pour les aider à remballer. Va savoir pourquoi, il a cru que je lui faisais des avances.

Bon, mais à part ces deux incidents archi mineurs, je prétends ne m'être jamais départie de ma sophistication.

Bref, voici le résumé de cette soirée inoubliable :

a) Ai hoché la tête un million d'années.

b) Ai fait le voyage de retour perchée en équilibre sur la batterie au fond de la camionnette.

c) Ai passé le pied au travers de la caisse claire suite à un cassage de figure.

d) Ai été déposée en premier pour cause de permission de 22 heures les veilles de jours de classe.

Double *caca*.

Au moins aux répètes rasantes à pleurer du spectacle de l'école, on a un minimum de liberté artistique avec Rosie.

Je me demande comment s'est passée la randonnée bécoteuse. Je parie que Dave la Marrade et Ellen y étaient.

A mon avis, les Stiff Dylans ne se doutent pas de ma maturosité. Je suis sûre qu'ils font un rapprochement entre ma personne et Yoko Ono. Style comme si j'allais coller la zizanie entre eux.

Lundi 6 décembre

Je n'arrive pas à croire à la merdicité de ma vie. Pour nous « faire plaisir », Œil-de-Lynx a reconduit le pensum *Peter Pan* d'une semaine ! Retour à la case coulisses pour Rosie et moi.

La Mère Œil-de-Lynx est sans conteste possible une sadique doublée d'une ex-gardienne de prison. Et en prime, il y a des chances pour que ce soit un homme.

Répète du spectacle

L'abjecte Pamela Green est une élève remarquable. Elle arrive déjà à attraper un mini Mars dans le bec lancé à plus de deux mètres de distance. Le sérieux avec lequel l'abjecte prend cette affaire de chien est pour le moins préoccupant. Figurez-vous qu'elle m'a rapporté un bâton. Mais je ne suis pas dingue quand même. J'ai prévenu Rosie que le jour où il me prendrait l'envie de gratouiller le ventre de l'abjecte j'arrêterais les frais.

En essayant d'enlever son collant vert toute seule, Lindsay la Nouillasse a perdu l'équilibre et manqué se vautrer sur le distributeur de serviettes hygiéniques. Morte de rire, j'étais. Mais ce qui a le plus miné l'insipide, c'est mon imitation remarquable d'elle-même en train de se prendre les pieds dans son collant. Remarquable et follement désopilante. Mais pas du goût de Miss Absence-de-Front qui m'a traitée de « petite gourde lamentable » avant d'aller s'enfermer dans un cabinet pour se changer.

C'est mal connaître Georgia, dite Plus-d'un-tour-dans-sa-besace ! Je dégaine le miroir de sac, je le glisse sous la porte du cabinet et qui a une vue imprenable sur l'anatomie de l'insipide ? Moi-même. J'ai invité Rosie à venir profiter du spectacle, elle n'arrivait pas à croire que la Nouillasse portait des strings en vrai. La copine sceptique a dû se rendre à l'évidence quand elle vit de ses yeux vit la ficelle se faufiler entre les miches de l'insipide. Le choc a été si rude pour Roro qu'il a fallu passer par l'étape chewing-gum à la fraise avant qu'elle puisse sortir un mot :

– Tu sais, Gee, je suis hyper sensible comme fille. Et ça, c'est pile le truc qui peut détruire à jamais mes chances de devenir véto.

Et voilà, tout est bien qui finit bien.

22 h 00 Ces temps-ci, la tendance est plutôt au calme sur le plan visite de siphonnés. C'était trop beau pour durer. Oncle Eddie s'est pointé ce soir et ça n'a pas loupé, l'extra chauve est venu rôder dans ma chambre pour me faire partager une de ses « blagues » bourrées d'hilarité. Je vous la livre :

– Est-ce qu'un prof qui a un œil qui dit merde à l'autre peut avoir ses élèves à l'œil ?

Tête d'œuf est reparti en riant comme un vieux siphonné dégarni qu'il est.

22 h 15 Coup de bigo de Robbie qui ne souffle mot de la cata caisse claire. Ouf ! Super-Canon a entamé la converse par cette question judicieuse :

– Alors, qu'est-ce que tu as fait aujourd'hui, Miss Tigresse ?

Grrrrrrrrrrrrrrrrrrrrrrrrrrrrrr ! ! ! ! !

Minuit A force de voir Robbie style en secret, je me sens assez Résistante française si on va par là. C'est vrai quoi, on ne fait jamais de trucs normaux tous les deux. J'ai partagé cette inquiétude avec Roro cet après-midi.

Rosie :

– C'est quoi au juste des trucs normaux pour toi ?

– Ben, toi et Sven par exemple, vous vous voyez tout le temps et je suppute que vous faites des trucs normaux.

Rosie m'a lancé un regard pénétrant.

– Dis, ma Gee, tu as déjà vu Sven ?

Pas faux, ma Roro. Oui, mais si on considère maintenant le couple Jas et son Craquos de Tom, ils font des trucs normaux, eux. Tout bien considéré, on croirait même qu'ils sont mariés depuis la préhistoire. Je ne prétends pas non plus vouloir me faire tartir comme eux, genre à aller ramasser des œufs de grenouilles ou faire des devoirs ensemble, ce qui de mon point de vue est violemment pathétique. Mais quelqu'un peut me dire au juste à quelles autres activités on peut se livrer en compagnie d'un Super-Canon, à part se bécoter et l'adorer ?

Jeudi 9 décembre

Première du spectacle de Noël et grande marrade. Enfin, à mon humble avis. Portée par la liesse du public qui manifeste bruyamment son enthousiasme pour les contes de fées, Tinkerbelle perd le total contrôle de sa personne et vient percuter le décor du fond qui lui-même se casse la binette et laisse apparaître devant nos yeux ébahis la Mère Stamp en train de tirer comme une folle sur une clope.

Beaucoup moins rasoir comme spectacle que de se fader Peter Pan la Nouillasse en train de parader en collants verts.

21 h 50 Juste au moment où je filais discrètement à la française après le spectacle, un truc proprement effarant s'est produit. L'abjecte Pamela Green a bondi à ma rencontre, ses oreilles de chien toujours en place et sa mère sur les coussinets. Abjecte senior n'est pas gâtée non plus au rayon loupes. Les deux bigleuses m'ont filé le train jusqu'à la sortie en clignant des yeux derrière leurs culs de bouteille. On aurait dit deux poissons rouges géants en jupe.

L'abjecte :

– J'ai dit à maman que tu m'avais vachement aidée pour mes tours de chien.

Non mais, qu'est-ce qui lui prend au juste ? ? ? ? ?

L'abjecte P. Green mère renchérissait :

– Je suis vraiment contente que vous soyez amies toutes les deux. Ça te dirait de passer le réveillon de Noël avec nous, Georgia ? Tout le monde se fait beau et on raconte des histoires à tour de rôle.

Moi :

– Hummmmmm... Mon Dieu, il est déjà cette heure-là, il faut que je rentre.

Je n'avais pas fini ma phrase que j'avais déjà giclé hors du vestiaire.

Sur le chemin du retour, Rosie m'a sorti :

– L'abjecte est folle de toi. Tu es ni plus ni moins que sa meilleure copine.

Nom d'un petit brabançon !

Vendredi 10 décembre

La frénésie de Noël commence à gagner. Histoire de ne pas exclure le cours de gym de la fête, j'ai décoré mon short avec des guirlandes. Pour une fois, mes élans créatifs n'ont pas provoqué chez la Mère Stamp de tremblements convulsifs à répétition. Maintenant que j'y pense, ça fout carrément la trouille. Rassurez-vous, tout est rentré dans l'ordre en cours de latin avec la Mère Œil-de-Lynx. Nazie en chef a tout simplement exigé qu'on enlève la fausse neige de nos cheveux (tout ça pour du coton !).

Dernier jour du trimestre

Hourrah!!!!! Merci petit Jésus!!!! Enfin libre!!!

Dernier cours d'allemand

Ça frise l'hystérie au collège. Si vous voulez mon avis, je crains que le corps enseignant se soit livré à quelques libations pré-fêtes, suivez mon regard. La preuve, Herr Kamyer nous a narré une blague à base de fromage suisse proprement obscure (je ne pourrais rien vous dire à ce sujet) sauf pour lui visiblement puisque l'expert en kneudel s'est quasi fait pipi dessus! Mais ce n'est pas tout. On sortait à peine du cours de germanophilie quand devinez sur qui on tombe dans le couloir? Sublime-Henri.
Moi:
– *Gentille Noël!*
Et vous savez ce que fait le francophone? Il me pose un poutou sur la joue assorti d'un:
– *Le merci et à revoir.* J'ai hâte de vous *prendre* toutes l'an prochain.
Une réplique qui nous a pliées en deux illico. J'ai même cru que j'allais être obligée de balancer un seau d'eau glacée sur Rosie et Jools, histoire de les calmer.
Sublime-Henri nous a régalées d'un super sourire:
– Vous êtes bien fofolles, mesdemoiselles!
Après quoi, l'expert en oignons a tourné les talons nous laissant admirer son petit jean méga bien coupé.
Moi:
– Sublime-Henri est carrément… sublime. Je dirais même plus qu'il est crousti-fondant et aussi…
Rosie:

– Fondi-croustant ?
– *Le exact !*

18 h 30   Dernière du spectacle. *Mucho excitomondo* (je rigole) !

La Mère Stamp a acheté du Coca et des gâteaux pour régaler ses « interprètes » et faire genre fête de fin de spectacle. Trop dommage, les petits gâteaux nous ont littéralement agressées Rosie et moi. Je vous assure, ils hurlaient « mangez-nous, mangez-nous, vous en mourez d'envie ! ». A force, on s'est laissées tenter. Mais on n'a pas abusé. Sauf qu'Œil-de-Lynx s'est aperçue qu'il y avait eu pillage et elle nous a punies. On n'a pas le droit de rester à la fête !

Oh *quelque dommage* ! (youpi !)

20 h 00   Peter Pan et sa bande grotesque de garçons perdus font les Jacques sur scène. Je me fais tellement tartir que j'envisage sérieusement de me boulotter moi-même. Où peut bien être mon Super-Canon à l'heure où je vous parle ? Est-ce qu'il pense à moi ? Enfin, je veux dire, autant de fois par minute que je pense à lui ?

J'ai fait celle qui avait entraînement de hockey tous les soirs pour expliquer que je ne puisse pas le voir cette semaine. Je suis à fond pour les relations honnêtes et tout le toutim, mais je n'ai pas pu me résoudre à lui avouer que je filais un coup de paluche à des nases en collants.

20 h 10   Rosie a fait une découverte *le splendide* dans un panier à accessoires qui traînait au fond d'un placard ! De la fausse fourrure de théâtre ! Ça sert à faire les barbes, les rouflaquettes et autres pilosités faciales qu'on fixe ensuite avec une colle spéciale.

20 h 25 C'est atroce, on est de garde toute la durée
du spectacle avec Rosie, chacune d'un côté
du rideau. Dès que quelqu'un sort de scène, au choix
Wendy, Peter ou le Capitaine Crochet, on lui file le truc
dont il a besoin. Vous devriez voir ça, le congrès de nases
est aux cent coups. Et trop tragédien avec ça. Exemple :
Lindsay la Nouillasse. Jambes-de-Phasme hurle ses
ordres, style « Épée ! » ou « Fond de teint en stick ! ».
Celui-là, elle n'a pas fini de le hurler. Vu la brillance de
son mini-front, l'insipide est abonnée au raccord
maquillage. C'est positivement horripilant et barbant
au-delà de la barbanture, ça va sans dire.

Sauf que pas plus tard que tout de suite, la fourrure
théâtreuse a fait son entrée ! Chaque fois qu'on va chercher un accessoire en coulisses avec Rosie, on en profite
pour se coller un bout de pilosité quelque part tout en
vaquant à nos affaires telles les personnes normales.

20 h 45 Au début, on y est allées mollo, style barbe
naissante, mais à la fin du supplice *Peter Pan*,
on était entrées de plain-ciel dans l'univers du total poil.
Rosie avait le dessus de main gravement velu et des rouflaquettes assorties. Moi, je m'étais fait un méga sourcil
de sanglier qui me barrait le front. Et vous savez
quoi ? Personne n'a rien remarqué !!!!!!!! Les acteurs
(cherchez l'erreur) étaient tellement fascinés par eux-
mêmes en personne qu'ils ne se sont même pas aperçus
que les accessoiristes avaient tourné loups-garous.
Le très riant !!!

Arrivées au dernier rappel, nous hoquetions sauvagement avec Rosie. Trop mortes de rire nous étions.
Quand le rideau est retombé, les « acteurs » sont descen-
dus de scène pour aller bavasser avec leurs parents toujours affublés de leurs costumes ridicules (eux, pas les
parents), y compris Nana. N'empêche, si j'étais la mère

de l'abjecte (Dieu me préserve !), je me ferais du mou-ron. A mon avis, bigleuse senior va avoir un mal fou à faire retirer son costume de chien à bigleuse junior.

On a profité des effusions enfanto-parentales pour prendre la poudre d'Espelette. Sans blague, voir Rosie en uniforme *mit* béret *mit* rouflaquettes géantes *mit* mains extra velues est le spectacle le plus tordant que j'ai jamais vu de ma vie.

Méchant coup de bol, j'ai réussi à rentrer à la maison sans croiser une seule de mes innombrables connaissances.

Au lit

J'ai cru que je n'arriverais jamais à me débarrasser de mon sourcil de sanglier. En dernier recours, j'ai été contrainte de l'attaquer au dissolvant à ongles. Et dans le feu de l'action, je me suis pratiquement dissous le front.

J'ai plutôt intérêt à investir vite fait dans le sommeil réparateur et la repousse de front, il y a du rendez-vous dans l'air et avec Robbie ce week-end. Plus que cent quatre-vingts heures avant que Super-Canon parte pour l'île de Man passer Noël en famille. Dont cinquante-six consacrées par moi-même personnellement à dormir. A moins que Libby et ses « lopains » aient prévu de squatter mon lit.

Samedi 18 décembre

Place Churchill

Courses de Noël avec le Top Gang et déambulation de-ci et surtout de-là dans le but de tomber par hasard sur des garçons. A l'heure où je vous parle, on fait une petite pause, assises sur un mur. A peine avions-nous posé une demi-fesse que les sœurs Craignos déboulaient. Jackie s'était fait le total look cuir. Jupe, veste, bottes, manteau... je mettrais ma main à couper qu'elle a tout piqué. Cette fille n'est rien moins qu'une vague de criminalité montée sur jambes. Si je faisais mon devoir de citoyenne, j'irais prévenir la maréchaussée. Sauf que j'ai des principes, au premier rang desquels figure le non caftage. Je m'y tiens à mort, d'autant qu'il y a de fortes probabilités pour que la cafteuse se retrouve un jour ou l'autre gravement tuméfiée pour cause de ramponeaux perpétrés par la caftée.

Jackie nous a lancé un regard qui indiquait clairement qu'elle nous prenait pour des crottes de nez en jupe.

– Faut que je fonce, les pisseuses. Reste plus que six jours de fauche jusqu'à Noël.

Non mais, la vulgarité des filles, c'est à peine croyable !

16 h 00 De retour à la maison avec mon cadeau de Noël méga attentionné. J'ose espérer que Vati mesurera les sacrifices monumentaux auxquels j'ai consenti pour lui acheter une nouvelle paire de chaussettes. Je n'invente pas. Avant de tomber sur un modèle potable, j'ai dû me fader un nombre de boutiques pour vioques hallucinant !

17 h 00 Toujours pas de nouvelles de Super-Canon. Comment se fait-ce ? J'ai huit tenues sur le qui-vive, moi. Et puis, j'ai déjà appliqué ma première couche de fond de teint. Ça me fout les nerfs en pelote de ne pas savoir de quoi aujourd'hui sera fait.

Dans le salon

Mutti et Vati sont en plein concours de chatouillis. Et comme si ça n'était pas suffisant, Vati a revêtu un pantalon de jogging dont je vous épargne le descriptif. A mon grand dam, je suppute que ces débordements de tendresse parentaux ont un caractère positif. N'empêche, il existe une catégorie d'individus que je me refuse à imaginer en train de se bécoter. La reine, par exemple. Non mais, vous la voyez aller au numéro sept avec le prince Philip... beurk ! Ou Herr Kamyer avec Œil-de-Lynx... triple beurk !!! Ou les Porte-à-Côté dans le plus simple pas pareil.

Il faut que je chasse à tout prix ces pensées et que je me concentre à mort sur un sujet normal. Je me demande si je ne devrais pas procéder à un gommage au gros sel, histoire de me purifier de ces représentations immondes.

Mutti :

– Au fait, ma Gee, un très joli garçon est passé te voir pendant que tu étais en ville. Comment s'appelle-t-il, déjà ?

Mon visage est devenu tel le marbre.

– Mais oui, tu sais bien, l'aîné des Jenning... Il joue dans ce groupe que tu vas écouter quelquefois... Zut, quel est le nom du groupe ? Ce ne serait pas les Bob Wilsons par hasard ?

Les Bob Wilsons !!!!!!!!!!! OhmonDieuohmon-DieuohmonDieu !!!! Que faire à part monter immédiatement dans ma chambre ?

Je fonçais vers la porte quand Mutti a ajouté :

– Je le trouve vraiment charmant ce garçon. Il a demandé que tu le rappelles.

Trop dommage, avant de m'éclipser j'ai eu le temps d'apercevoir Vati en train de chatouiller Mutti par le truchement de sa pilosité mentonnière, en poussant des rugissements de lion en pantalon de jogging.

Dans ma chambre

Super-Canon a assisté au spectacle navrant de mon Vati en barbe et en pantalon de jogging! Mon Super-Canon a été exposé aux radiations de ma famille. Si ça se trouve, il a même parlé à Libby qui n'a sûrement pas manqué d'évoquer son sujet préféré, à savoir : le popo. Me pardonnera-t-il jamais?

Coup de bigo à l'illustre.

– Salut, Gee.

– Écoute, Robbie, je voulais te demander de m'excuser pour mes parents. Je suis trop atterrée. Ils sont… ben, tu vois quoi… Je te demande pardon.

Mort de rire à l'autre bout du film.

– Tu sais, Miss Tigresse, je trouve ton père plutôt sympa.

– Quoi????????????????

Dimanche 19 décembre

Re-répète des Stiff-Dylans. Je suis devenue quasi championne du hochement de tête que je pratique maintenant avec brio tout en me faisant les ongles. Dom m'a lancé de drôles de regards tout l'après-midi et je dois dire que la perplexité du garçon a encore empiré au moment où il m'a surprise en train de branler vaillamment du chef alors que plus personne ne jouait depuis belle lurette. De l'autre jambe, il a manifestement réussi à réparer sa caisse claire. L'empreinte de ma tennis est toujours visible et, si vous voulez mon avis, je trouve que ça donne un petit plus à cette batterie affreusement banale par ailleurs. A la fin de la répète, les copines des autres musicos se sont pointées et Mia m'a fait comme ça :

– On va boire un verre au Phœnix, tu viens ?

Intervention immédiate de Robbie :

– Je suis hyper fatigué. On va rentrer, je crois.

Ça, c'est la raison officielle. L'officieuse, c'est que je n'ai pas l'âge légal de fréquenter les débits de boissons.

Quadruple caca ! ! ! ! ! !

C'est vraiment une honte que l'autorité publique ne reconnaisse pas ma maturosité intérieure ! ! ! !

Lundi 20 décembre

Je n'ai carrément pas eu une minute pour voir le Top Gang ces derniers temps. Forcément, j'étais tout le temps fourrée avec mon Super-Canon. C'était trop génial. Entre deux séances bécots, on a des méga conversations tous les deux. Enfin, c'est plutôt Super-Canon qui tient le crachoir, d'ailleurs ça me paraît plus prudent. Et en plus pendant qu'il bavasse à propos des Stiff Dylans ou de la paix dans le monde ou est-ce que je sais, je peux me concentrer sur des sujets autrement plus préoccupants. Style éviter d'avoir la narine aventureuse ou le bout de sein qui pointe, ou même, comme l'autre soir, résister au désir frénétique de procéder à un « tout schuss sur le disco » sur un disque classique.

Coup de fil à Jas pour rattraper mon retard en matière de nouvelles.

– Salut, ma vieille. Alors qu'est-ce que vous avez fait avec le Top Gang pendant tout ce temps ?

– Gee, on s'est vues hier.

Sauf que, grâce à Ellen, je sais que le Top
Gang est allé au cinoche hier soir. Toute-
Crétine est passée me voir pour me montrer les photos
que la bande a prises pendant la séance. C'est vraiment malin ça de prendre des photos au cinéma. Ils se
sont fait jeter. Ça ne m'étonne pas. Je me demande
comment les gens arrivaient à voir l'écran avec les
ramures de renne que Sven et Dave la Marrade
s'étaient mis sur la tête en l'honneur de Noël.

J'ai dû leur manquer un MAX, même si personne
n'a osé l'avouer.

Tout ce que j'ai pu tirer d'Ellen, c'est que la soirée
était « géniale » et qu'ils ont eu une super « marrade ».
Et, bien que je ne l'aie pas sollicitée sur la question,
elle m'a répété un bon milliard de fois que Dave la
Marrade et elle étaient... un « couple ». Oh, oh.
Qu'est-ce que j'en ai à battre ?

Sur les photos, j'ai remarqué que, non
content d'avoir une ramure de renne sur
la tête, Dave la Marrade avait enfilé le faux pif rouge
qu'il arborait le jour où il m'a avoué son amour et
où je me suis retrouvée en train de le bécoter sans
le faire exprès. Autres temps, autres mœurs, le bécot
accidentel et le rosissement popotal sont de l'histoire
ancienne.

PETITS JÉSUS VELUS

11 h 00 Ça y est, Super-Canon est en route pour l'île de Man avec toute sa petite famille. Après Noël, il part directement en tournée avec les Stiff Dylans au Pays-du-Loch-Ness-et-Monstre-du et ensuite à celui du-Poireau-et-Soupe-de (le Pays de Galles).

On a passé notre dernière soirée ensemble chez lui, ses géniteurs ayant eu la bonne idée de déserter le logis. C'était atrocement bien. J'ai eu droit à du mordillon d'oreille en *le grand quantité* et à des bécots *le formidable* ! Super nouvelle, je commence à piger ce qu'il convient de faire avec les mains (les miennes). L'époque de la main qui pend lamentablement sans rien faire est derrière moi. Au jour d'aujourd'hui, la main est atrocement active. Style caresses de cheveux ou caresses de dos (cheveux et dos de Super-Canon je me permets de préciser). Je trouve que les séances bécots me maintiennent en top condition physique. Je ne suis pas loin de proposer à la Mère Stamp d'introduire la séance bécot dans l'entraînement de hockey. Pas de précipitation… l'offre pourrait donner envie à Adolfa de rejoindre l'équipe.

75

Au moment de nous quitter (le processus a pris une bonne heure et demie pour cause de ressortie immédiate de moi-même et de ma maison après chaque tentative d'au revoir officiel, ce qui impliquait comme de juste qu'on reprenne les formalités d'adieu depuis le début), Super-Canon m'a glissé un petit paquet dans la main en me disant :

– Tâche de ne pas trop faire la folle en mon absence, ma sublime. Ça, c'est un petit cadeau de Noël pour toi. Je te rapporterai autre chose d'Écosse ou du Pays de Galles.

Trop chou, non ?

A moins que le cadeau souvenir soit une gentille panse de brebis farcie ou un deux-pièces en tissu écossais. Tais-toi, cerveau ! Tais-toi ! Je crois que je peux mettre ce léger dérapage cervical sur le compte de la trissetessitude.

Rapport bigophonique à Jas qui me répond ceci :

– Tom m'a offert un médaillon avec une photo de nous deux dedans. Celle qu'on a prise au photomaton du vivarium avec des animaux marins et des trucs de la mer en fond.

– J'ose espérer que tu n'as pas entraîné de dauphin dans cette affaire. La vie n'est déjà pas facile pour le cétacé, tu ne voudrais pas qu'en plus il se retrouve coincé dans un photomaton avec ton Craquos et toi.

N'empêche, quand Super-Canon est parti pour de bon, j'avais la glande lacrymale méchamment sollicitée. Pourvu qu'il aime la gourmette avec mon nom gravé dessus que je lui ai offerte ! D'après Jas, c'est son nom à lui que j'aurais dû faire graver et pas le mien. En tout cas, c'est comme ça que Miss Frangette a procédé avec son Tom.

Coup de bigo à Jas.

– Au fait, Jas, pourquoi tu as fait mettre le nom de Tom sur sa gourmette ? Tu crois qu'il a encore un doute sur son identité ?

A l'autre bout du fil, j'ai entendu un soupir, style je suis bourrée de sagessitude. Ce qui, quand on y songe, est carrément tordant.

Jas :

– Et une supposition que Tom tombe dans les pommes sur la voie publique et que personne ne le connaisse, hein ?

– Parce que tu crois qu'une main secourable s'en sortirait avec « Tom » comme seule indication ?

– Écoute, Gee. Faut que j'y aille.

Mon œil, si vous voulez mon avis.

Je vais glisser le petit cadeau de Super-Canon sous mon lit en attendant Noël.

12 h 30 *Quintuple caca !* Je suppute qu'il va falloir que je m'habitue au statut de veuve rock. Et si je développais mes propres centres d'intérêt ? Ce ne serait pas sot dans le fond. Tiens, je vais mettre à profit mon veuvage pour me livrer à des activités utiles et qui prouvent dans le même temps l'immensité de ma jugeote. A ce propos, j'aimerais bien qu'il neige tôt le trimestre prochain pour tester l'hilarité de mon programme Bête A Gants anti-cécité des neiges.

13 h 00 Je me demande combien de pépètes il faut pour aller au Pays-du-Hamburger-en-Folie. J'aurais intérêt à vérifier le montant de ma cagnotte. Et à retrouver mon livret de Caisse d'épargne par le fait.

13 h 20 Ho, ho ! 15,50 livres !

13 h 30 Si je veux avoir un petit bas de coton pour l'Amérique, j'ai intérêt à stopper vite fait l'hémorragie monétaire pour cause de cadeaux de Noël. Et faire appel à ma créativité.

Méchant coup de bol, il est de notoriété publique que j'ai un sens artistique ultra développé. D'après la Mère Berry, notre prof de dessin, j'aurais un talent unique. Trop dommage, pas pour la barbouille. L'artophile prétend que je n'ai pas d'égale en ce monde pour faire perdre son temps à toute une chacune. Honnêtement, je trouve ça dur.

Voilà, c'est décidé. Je vais confectionner mes cadeaux de Noël avec du tissu, du fil, une aiguille et mes petites mains à moi. Comme je vous le dis !

22 h 00 Bilan de l'après-midi couture. 1) Pour Libby, des sœurs jumelles carottes drôlement ressemblantes avec petit foulard en vichy trop trognon et cape. 2) Pour Mutti, un masque pour dormir. Facile, j'ai découpé un bout de fourrure théâtreuse en forme de lunettes et j'ai cousu derrière un élastique pour l'attacher. Ça devrait lui plaire, mais on ne sait jamais avec cette femme. 3) Et enfin, en cette période pavée de bonnes intentions, j'ai déposé sur le paillasson des Porte-en-Face la robe de grossesse de Naomi qui m'a pris je ne sais combien de minutes à faire. Elle se ferme avec des mini nœuds et elle a quatre emmanchures pour laisser passer les pattes, ce qui n'est pas banal chez la robe de grossesse. Mon cadeau pavé de bonnes intentions était accompagné d'un petit mot qui disait : « Joyeux Noël de la part d'une amie qui vous veut seulement la paix et l'amour dans le monde. »

Noël !!!

Réveil bourré de cadeaux !!! Libby est venue se blottir dans mon lit pour qu'on ouvre nos paquets ensemble. Je ne suis pas loin de raffoler de Père et Mère. Vati m'a offert pile les CD que je voulais !!!! Quant à Libby, elle est tellement folle de ses jumelles carottes qu'elle a largué M. Patate comme une vieille chaussette (ce n'est pas dommage, le tubercule avait tourné très chiffonné à tendance verdâtre).

Pour une fois, Mutti a fait preuve d'une rare sagesse. Figurez-vous qu'elle m'a offert un super soutif qui cumule les bons points. Primo, il me va super bien, et deuzio, il est plutôt pas mal. Style ni trop je te fais le flotteur en obus, ni trop filet à provisions non plus. Même en sautant comme une folle, j'ai le flotteur qui reste plutôt sur son quant-à-lui. Si ça se trouve, je vais enfin pouvoir me déchaîner sur une piste de danse sans risquer d'assommer le deuxième venu avec mes nunga-nungas.

Il ne neige toujours pas et pourtant il fait atrocement frisquet de la nouille.

13 h 00 Mutti, Vati et Libby sont allés rendre visite à d'autres dingos de leurs connaissances. Enfin, un peu d'intimité pour ouvrir le cadeau de Super-Canon.

C'est une cassette de ses morceaux solo ! Sur le couvercle, il a écrit : « Pour Georgia avec tout mon amour. Signé : Robbie ». Quand je passerai à la télé prochainement, je dirai aux millions de téléspectateurs suspendus à mes lèvres : « Exact, c'est pour moi que Robbie a composé *Ô toi, ma sublime*. Mais je précise que je lui ai inspiré d'autres chansons, parmi lesquelles *Mince, vise la beauté* et *Ouaouh.* »

13 h 30 Ho, ho. Pas trace de *Oh toi, ma sublime* ni de *Mince, vise la beauté* sur la cassette. Les morceaux que Super-Canon a enregistrés parlent d'espèces en voie de disparition et de Van Gogh ! Pas à proprement parler de la musique sur laquelle s'éclater. Je dirai même plus de la musique à mettre fin à ses jours dans les plus brefs délais.

14 h 00 Ce que j'aime chez Super-Canon, c'est sa sériosité.

15 h 30 Super nouvelle ! ! ! ! ! ! Non, il ne s'agit pas de la révélation que le Père Noël n'est autre que mon Vati affublé d'une barbe blanche trop merdique (quoi que ce soit vrai aussi). La nouvelle, la voilà. Le Père Porte-en-Face a déboulé chez nous juste après le déjeuner de Noël pour trinquer avec Vati à la santé de... Naomi qui a commencé son vêlage ! ! ! ! ! ! !
Moi :
– Vite ! Installons Naomi sur l'âne et hâtons-nous vers Bethléem !
La troupe d'ancêtres m'a lancé le regard spécial adulte qui passe radicalement à côté de l'énormité de mon hilaritude.
Coup de bigo à Jas pour lui annoncer « the news ».
– Naomi accouche de ses petits Jésus velus.
– *Le non.*
– *La oui.*
– Qu'est-ce qu'on fait ?
– Toi, tu vas chercher l'âne, et moi je m'occupe des amuse-gueules.

16 h 00 Angus est d'une humeur de dogue (selon ses critères à lui). Il est en train de régaler l'assistance d'un très joli numéro de claquettes sans doute inspiré par les chants de Noël qui passent à la radio (en clair : le monstre se jette violemment sur le premier truc qui lui passe sous la patte sans que personne ne puisse dire ce qui pousse le félidé à de telles extrémités). L'intro de *Mon beau sapin, roi des forêts* chope Super-Matou au moment où il venait d'atterrir dans l'évier. Je ne vous raconte pas comme ça l'a énervé. Il a bondi sur l'égouttoir tel le seul homme. Brève étape dans le compartiment à couverts et il était déjà reparti à l'autre bout de la cuisine sauter sur un autre trampoline. Quelques victimes à déplorer sur son passage : quatre assiettes et une soupière.

16 h 30 Histoire d'aider le monstre à évacuer sa frustration et par souci d'épargner ce qui reste de vaisselle dans la maison, je décide d'emmener Angus faire une petite promenade de Noël. L'autorité parentale m'a chaudement recommandé de tenir le monstre en laisse, des fois que son chagrin de chat le pousse à dérouiller le premier clebs de petit gabarit croisé.

16 h 35 J'étais pratiquement dehors quand Libby manifesta impérieusement son désir de nous accompagner.

Pour la Noël, tante Kath de Blackpool a envoyé à la gosse un costume de léopard tout en un avec queue, oreilles et moustaches. On s'y croirait. Libby ne le quitte plus. Elle est trop chou dedans.

17 h 00 Retour précipité à la maison pour récupérer la laisse de rechange du monstre. Libby en exige une aussi, elle est chat après tout. Pourvu que je ne rencontre aucune accointance en cette compagnie.

17 h 30 Ça promet, on a mis une bonne demi-heure pour sortir du jardin. Forcément, ma sœur léopard fait du deux à l'heure à quatre pattes !

Pile au moment où j'avais convaincu l'enfant de passer à la vitesse supérieure, Angus se débrouille pour aller pêcher un truc proprement immonde au fond du trou qu'il creusait gentiment en nous attendant. Non mais, il faut être complètement taré pour aller enterrer des vêtements dégueus dans un jardin pas à soi.

17 h 45 Un mystère est éclairci. Les chaussettes spéciales pêche de Vati avaient trouvé refuge six pieds sous terre ! Maintenant que j'y repense, j'ai la souvenance d'un père de famille inquiet interrogeant sa femme :
– Dis donc, Connie, tu n'aurais pas vu mes chaussettes de pêche ?
– A mon avis, elles ont dû aller faire un petit tour de leur côté, fut la réponse de la mère de famille facétieuse sous-entendant que lesdites chaussettes refoulaient gravement du goulot.
Angus les a réenterrées, c'est vous dire !

18 h 00 Le monstre a réussi à me fausser compagnie grâce à un stratagème très ingénieux. J'explique. Le félidé jette son dévolu sur un pauvre lampadaire, il fonce dessus à toute berzingue et, pile à la dernière seconde, il fait un écart de chat. Résultat des courses, je lâche la laisse. A l'heure où je vous

parle, Super-Matou fait le beau sur le mur des Porte-
à-Côté et les frères du Genou ne sont pas loin de la
totale furie. Il faut dire aussi qu'ils bondissent comme
des crétins pour choper l'affreux et se cassent le
museau à chaque fois. C'est vrai que Super-Mat
ou n'y met pas du sien à leur effleurer la tête des
coussinets.

Bon, ce coup-ci, les frères du Genou ont carrément
pété un câble. Whitey qui rêvait stupidement d'attraper la patte nargueuse d'Angus s'est écrasé contre
le mur avec une rare violence. Quant à Snowy, il continue à sauter comme un abruti sans percuter qu'à
chaque nouvelle tentative bondissante, le monstre
lève la patte un peu plus haut.

Pour finir, le félidé a réussi à mettre un pain à
Snowy en plein vol, style grosse bourrade dans le dos.
On pourrait penser que de savoir sa bombe birmane
en train de mettre au monde les rejetons d'un autre
aurait un brin miné le matou ou du moins l'aurait
calmé. Mais non, pas Angus. Super-Matou est un
exemple pour l'humanité tout entière. De quoi, je ne
saurais me prononcer.

18 h 05 Non mais, les bêtises qui me montent au
cerveau des fois, c'est dingue.

Dans ma chambre

19 h 00 Oh, oh. Le Père Porte-en-Face est venu
cogner comme un sourd à la porte. Dès que
Vati a ouvert, je me suis penchée par-dessus la rampe
pour voir de quoi il retournait. Carrément flippant,
le voisin d'habitude atrocement volubile avait tourné
muet. Il nous a même invités à le suivre par signes ! Si ça
se trouve, il a choisi mime comme passe-temps de Noël.

Toute la petite famille lui a emboîté le pas. Pour ma part, je ne voyais pas au juste en quoi la mise bas de Naomi me concernait. D'ailleurs, par solidarité avec Angus, j'avais même envisagé de ne pas me rendre auprès de la parturiente. Sauf que l'envie de voir les petits minous l'a emporté.

Le monstre toujours perché sur son mur m'a filé une beigne au moment où je passais à côté de lui.

– M'en veux pas, Angus, ai-je plaidé fautive.

Mais le félidé m'a ignorée d'un bâillement intempestif. Puis il s'est roulé sur le dos histoire de mâchouiller sa laisse les pattes en l'air.

19 h 10 Une fois dans la cuisine des Porte-en-Face, le propriétaire des lieux nous conduit auprès de Naomi. Toujours sans piper mot. La Mère Porte-en-Face est déjà sur les lieux. Le regard exorbité par l'horreur, elle fixe le contenu de la corbeille à chats à ses pieds.

A l'intérieur, Naomi entourée de ses chatons trône telle la reine de Saba. La bombe birmane a fabriqué sept petits minous...

Sept mini Angus!!!!!!!! Copies conformes du monstre. C'est la vérité vraie! Les petits minous tiennent à mort de leur illustre papa. C'est un vrai miracle ou je ne m'y connais pas!

22 h 00 Une longue longue nuit de Porte-en-Face estomaqués commence. J'entends les « pourquoi, oh pourquoi ? » et leurs célèbres confrères « mais comment, comment ? », avec en guest stars un ou deux « oh pourquoi, mais comment ? ».

Pour finir, la réunion d'ancêtres est arrivée à la conclusion que le monstre avait dû réussir à se faufiler dans le boudoir de Naomi juste avant d'avoir son supplément de vermicelle... enfin bref, vous voyez ce que je veux dire... mis aux normes, quoi. Vive mon Super Chat. Le monstre est sans conteste possible 007 chez Matouland.

Dimanche 26 décembre

Les petits minous sont trop craquants ! Jas est passée me voir et on est allées leur rendre visite toutes les trois avec Libby. Les Porte-en-Face ont bien voulu nous laisser entrer mais ça râlait sec dans la chaumière. Je vous passe les *tss tss tss* et autres foins auxquels on a eu droit. Le Père Porte-en-Face n'arrêtait pas de désigner Angus par « cette chose ». Honnêtement, je trouve ça plutôt déplacé.

Quant à la Mère Porte-en-Face, elle délirait :

– Quand je pense à ce que nous a coûté cette chatte ! Tout ça pour qu'elle soit enceinte d'un... d'un...

– D'un chat sauvage écossais dont la fierté le dispute à l'héroïsme ? ai-je gentiment proposé.

– Non !!!!!! D'un diable !

Pour l'instant, j'ai bien l'impression que la joie égare le couple mais je suis prête à parier que d'ici deux ou trois mille ans, ils seront calmés.

Les petits minous ont beau avoir quelques heures, je peux déjà vous annoncer que les heureux parents n'ont pas fait dans le minou ordinaire. Ça a encore les yeux collés que ça se flanque des baffes à tout va abondamment arrosées au crachat de chat.

Juste avant de partir, j'ai fait mon numéro de charme spécial femme pour amadouer les Porte-en-Face et leur faire accepter qu'Angus ait le droit de venir donner un coup de langue à sa progéniture (cette Mesquina de Jas m'a fait remarquer que j'avais l'air d'une maniaque du crime à la hache quand je mettais mes atouts féminins en avant).

15 h 00 Les Porte-en-Face sont d'accord pour une visite parentale d'Angus à condition que le monstre soit tenu en laisse.

La vue de ses rejetons a déclenché chez Super-Matou la méga turbine à ronrons. Je ne vous raconte pas comme il s'est précipité pour leur manifester son affection. Style en leur filant deux trois gentils coups de boule dont il a le secret. Quant à Naomi, elle a eu droit à du léchouillis d'amour. Ouaouh !

Ça, c'est du couple. J'aimerais tellement qu'on leur ressemble avec Super-Canon. Enfin à une exception près. Possible que nous deux on fasse l'impasse sur l'exposition intempestive de cucul dont raffolent le monstre et sa Naomi.

Mardi 28 décembre

J'ai eu huit coups de bigo de Robbie ! ! ! ! ! !

Mais vu qu'il y a toujours quelqu'un dans le coin pour m'espionner, les converses sont un peu bizarres. Sur le plan audition, Vati est une chauve-souris (un de ces quatre matins, je vais lui filer la trouille de sa vie en déboulant dans le salon par surprise avant qu'il ait le temps de descendre du lustre où il passe la nuit suspendu la tête en bas). Exemple des oreilles de chauve-souris. Pas plus tard que dernièrement, j'étais en train de livrer à Rosie le mode d'emploi du sourire sexy par le biais d'un repli de langue derrière les dents de devant, quand le père de famille a jailli de la cuisine en hurlant :

– Est-ce que tu as l'intention de poursuivre cette conversation idiote encore longtemps ? Figure-toi que j'aimerais passer un coup de fil avant l'an 3000.

Réponse de Georgia avec un max de patience :

– Écoute, père. Comme j'ai déjà pris la peine de te le faire remarquer un bon million de fois, je te signale que si tu avais le tact de m'acheter un téléphone portable personnel comme tout le monde, je me passerais aisément du bigophone préhistorique de l'entrée.

Sauf que, comme de juste, Vati a ignoré ma remarque pertinente.

Mercredi 29 décembre

J'ai rendez-vous téléphonique avec Robbie à 16 heures ce jour (à ne pas confondre avec l'heure de l'île de Man qui, d'après Super-Canon, est restée bloquée sur 1948. Si vous voulez mon avis, il y a fort à parier que l'îlotier se déplace toujours en train à vapeur). On a trouvé un truc trop ingénieux pour pouvoir se dire tout ce qu'on avait envie de se dire (style : « Tu es le truc à pattes le plus supercanonesque de l'univers. Je me damnerais pour te suçoter la chemise », etc., etc.). Bref, j'ai donné à Robbie le numéro de la cabine du bas de la rue et il va m'appeler là !

Dans la cabine

16 h 00 Je viens de voir passer Mark Grosse Bouche et sa copine miniature. Rosie ne me croit jamais quand je lui dis que la fiancée de Mark est largement inférieure aux normes saisonnières. Et pourtant, je vous garantis qu'elle l'est. C'est la fille qui pourrait aisément servir de table basse quand on a des invités. Il suffit juste de lui coller un bol de caca-huètes sur sa tête d'épingle. C'est vous dire la petitesse de la naine.

Grosse-Bouche m'a fait un immonde clin d'œil en passant. J'ai vraiment du mal à avaler que l'extra lippu m'ait grillé la priorité sur le plan largage. C'est moi qui devais le larguer preumse pour cause de rusticité intolérable. Ça me fout les nerfs en pelote cette affaire. J'en étais là de mon ressasson quand le télé-phone a sonné et qu'à l'autre bout du conduit, j'ai entendu la voix de mon Super-Canon à moi, le seul et unique Super-Canon de l'univers !

Chez Jas

17 h 00 Les parents ayant déserté la cambuse, on s'entraîne pour notre voyage au Pays-de-la-Baguette-à-Béret en dégustant un repas campa-gnard typique de *le bel France*. Je vous livre le menu : *pommes de le terre mit haricots à la sauce de le tomate*. Mais j'allais oublier le plus important... Nous déjeu-nons en bérets et T-shirts à rayures de rigueur.

Moi :

– J'espère que Sublime-Henri saura maîtriser sa passion pour ma personne quand on sera rendus au *gai Paris*.

Jas a pris l'initiative de compléter sa tenue de *le bel France* par une paire de lunettes de soleil. Elle s'ima-gine que ça lui donne un air sexy ! ! ! ! Erreur. Avec ce truc sur le pif, Miss Frangette loupe en beauté le côté Miss France pour terminer finaliste chez Miss Cécité.

Jas :

– Tu te fourres le doigt dans l'œil, Georgie. Sublime-Henri n'a pas *le* passion pour toi. Il te trouve juste *le* collégienne écervelée.

– Je m'inscris en faux, *ma petite cornichon*. C'est tout *la* contraire, Sublime-Henri me trouve positivement *le géniale*.

Étant toutes les deux bourrées d'énergie bécoteuse rentrée, on s'est fait un « tout schuss sur le disco » sur le lit de Jasounette en faisant comme si on était dans une discothèque française. Ce qui consiste en gros à hurler en boucle des « *Notre Seigneur !* », des « *le zut !* » et autres « *caca !* ».

 Pas impossible que je me sois brisé la nuque à force de secouements de tête intempestifs.

Jeudi 30 décembre

Quand je me suis réveillée ce matin, la lumière était toute bizarre dans ma chambre. Et que découvre-je en tirant mes rideaux ? De la neige ! ! ! !

Le Père Porte-à-Côté était déjà en train de dégager son allée à la pelle affublé d'une tenue spéciale neige trop ridicule. Non, mais jugez vous-même. Bonnet à pompon, duffle-coat et pantalon en caoutchouc ! Arrivé à sa grille, le pelleteur a fait une pause pour admirer son œuvre. Non mais, sans blague, il se prenait pour Nanouk l'esquimau ou quoi ?

Si c'est le cas, c'est trop dommage. Parce que tout de suite là maintenant, gros cucul vient de se payer un vol plané pas piqué des mites en glissant malencontreusement sur la dernière parcelle de neige de sa petite allée bien proprette. Mais ses exploits ne se sont pas arrêtés là, le surchargé pondéral a conclu la prestation par une glissade vertigineuse sur son popotin encaoutchouté.

Trop bien ! ! ! !

11 h 45 *Le nouvelle le très sportif* ! Place aux jeux Olympiques d'hiver. Le Top Gang et toute la bande ont rendez-vous au parc en vue de réjouissances diverses et variées à base de neige.

Coup de bigo à Rosie.

– Qu'est-ce que tu comptes mettre pour les JO, ma Roro ?

– Ma mini en cuir noir, mes nouvelles bottes montantes et un MAX de brillant.

– Arrête-moi si je me goure, mais c'est pas franchement approprié comme tenue.

– T'as raison, ma Gee. Possible que je me gèle audelà du delà mais je serai atrocement divine sur les pistes.

Pas faux. Je ferais bien de me creuser la garde-robe pour trouver une petite tenue top de *le avant-ski*.

Je me demande pourquoi je prends toute cette peine alors que Super-Canon n'est même pas là. Mais, par respect pour la qualité de l'humorisité et du look, je me dois de faire bonne figure.

Coup de bigo à Jas.

– Qu'est-ce que tu as décidé au point de vue tenue pour les festivités lugesques ?

– Je pensais à un truc confo ultra chaud.

– Ne me dis pas que tu envisageais de sortir en culotte méga couvrante spécial frimas.

– Hahahahahahahahahahahah. Et toi qu'est-ce que tu mets ?

– Ben… Mon fuseau, des boots, un col roulé et une veste en cuir. Plus du mascara waterproof au cas où on serait pris dans une tempête de neige surprise.

Midi Si vous voulez mon avis, la tenue de ski me sied à ravir. Méga plus, le bonnet détourne l'attention du chaland qui se porte d'ordinaire sur mon

90

super pif. Et ce n'est pas rien. Encore huit mille couches de mascara et de brillant pour avoir bien chaud et je serai prête.

Ouf, j'ai réussi à sortir de la maison sans attirer l'attention de Libby. J'adore ma petite sœur, mais elle y va un peu fort avec son costume de léopard. La gosse ne l'ayant pas quitté depuis Noël, le machin commence à crognoter sévère.

13 h 00 Angus m'a mise en retard. Il n'arrêtait pas de me suivre comme un toutou. Contrainte de le semer à coups de boules de neige.

Dave la Marrade, Ellen, Jools, Rollo, Mabs, Sam, Rosie, Jas, Sven et d'autres gus inconnus au bataillon sont tous en train de dévaler la colline du parc à dos de luge. Enfin, tout le monde sauf Ellen qui plane semble-t-il gravement au sommet de ladite colline. Faut dire aussi qu'elle n'est pas vraiment attifée pour l'activité du jour (jupe de deux centimètres de long et faux cils !). Note, aucun des participants aux JO n'a revêtu d'habit idoine non plus mais ça ne les arrête pas. Tout ce petit monde descend la pente à toute blinde selon la méthode dite du sandwich. Une tranche de garçon-une tranche de fille-une tranche de garçon-une tranche de fille posées sur une luge. Et vous savez ce que fait Toute-Crétine pendant ce temps-là ? Elle se tripote les cheveux en contemplant niaisement le bas de la colline. Quand je suis arrivée près d'elle, elle m'a sorti :

– Tu sais quoi, Gee. Ça fait quasi trois semaines que je sors avec Dave. Si je calcule en heures, ça fait… euh… un paquet.

Motus et bouche cousue.

– Dis, tu crois qu'il m'aime autant que je l'aime ?

Silence. Je garde par-devers moi ma philosophitude.

– Tu crois que je devrais lui demander, Gee ?

– Lui demander quoi ?

– Ben, dans quelles proportions il m'aime ?

– Euh… Écoute, Ellen… Les garçons ne sont pas juste des filles en pantalon par le fait.

Quel accès de maturosité ! J'en suis comme deux ronds de flan moi-même. Ellen est suspendue à mes lèvres. Elle me regarde l'air égaré comme si j'étais voyante ou je ne sais quoi. Je me sens un peu comme le devin dans la pièce *Jules César* de mon ami Willy Shakespeare quand il sort à Jules : « Gaffe, Julot, crains les bides de mars ! », style tu vas te faire trucider si tu ne m'écoutes pas.

Je ne suis pas encore revenue de mon ébahissement qu'Ellen me demande pourquoi elle ne doit pas parler proportions à la Marrade. Bonne question. Excellente même.

– Euh… Ben, parce qu'il risque de trouver que tu lui mets la pression côté individualité.

– Individualité ?

– Comme je te le dis.

– Juste parce que je lui demande s'il m'aime autant que je l'aime ?

– Tout juste, Auguste.

– Ben, qu'est-ce qu'il faut que je fasse alors ?

– T'as qu'à faire la fille sympa… euh… drôle… à l'aise dans ses baskets… drôle et branchée et… ben, tu vois quoi.

Non mais, qu'est-ce que je blablate au juste ? Trop flippant, Ellen a l'air de trouver mon allocution bourrée de sens.

Je venais juste de finir de dispenser ma jugeote à Toute-Crétine que Dave la Marrade et sa bande remontaient cahin-caha la colline, les bras chargés de luges. Arrivé au sommet, Dave a fait à la cantonade :

– Plutôt frisquet de la nouille aujourd'hui, non ?

Et pof, il m'a souri direct. Le garçon a le sourire trop craquant. Style coquin comme sourire. Le genre qui fait immanquablement penser à du lordillon de mèvres.

– Au fait, les filles, je suis sûr que vous ne verriez aucun inconvénient à ce que je glisse mes mimines sous votre pull, je suppose ? C'est juste histoire de les réchauffer. Ne voyez rien de cochon là-dedans. Pour tout vous dire, je considère vos nunga-nungas comme une paire de mitaines géantes, rien de plus.

La plaisanterie de Dave a plongé Ellen dans un abîme de perplexité. Comme je l'ai déjà fait remarquer à maintes reprises, je me demande si Ellen a le niveau de marrade requis pour un Dave du même nom.

Vendredi 31 décembre

Réveillon du jour de l'an

14 h 00 Le Top Gang est invité à sept fêtes ! Par souci de respect, nous n'en serons pas, Jas et moi. On se fait un petit réveillon spécial veuves à la place.

Je me serais volontiers jointe au groupe plutôt que de passer la soirée en tête-à-tête avec Miss Frangette. Mais sachant Dave la Marrade parmi les heureux fêtards, je ne voulais pas donner l'occasion à mon popotin de faire une de ses célèbres démonstrations de rosissement. D'autant que je suis en manque de bécots GRAVE.

23 h 00 Visez un peu comment je commence glorieusement la nouvelle année…

En regardant des gus à la télé se faire des poutous comme s'il en pleuvait et agiter furieusement leurs kilts! Jas reste dormir à la maison. Mes soi-disant parents et leur petite dernière vont festoyer chez quelques lamentables de leurs connaissances. Je dois reconnaître que les ancêtres m'ont proposé de les accompagner. Mais à peine ai-je eu le temps de leur faire remarquer que je préférerais encore m'immoler par le feu qu'ils me laissaient en plan sans regret. Quoi qu'il en soit, Mutti a eu la délicate attention de nous acheter de quoi nous sustenter. Juste avant qu'elle parte faire les courses avec son conjoint, j'ai précisé à l'intention d'icelui :

– Jas est plutôt champagne comme fille, alors ce serait vraiment chou de nous rapporter quelques bouteilles. Je pense que ça donnerait un peu de peps à notre soirée d'enfer.

Le père de famille n'a même pas pris la peine de me répondre.

Sur les coups de minuit, Jas m'a fait :

– On y va ?

Réponse de votre serviteuse.

– Si tu t'imagines que je vais te bécoter, tu ferais mieux de t'ôter l'idée de la tête pas plus tard que tout de suite.

Toute chiffonnée la Jasounette.

– Il s'agit pas de ça. Je voulais juste te demander si on se faisait un «tout schuss sur le disco» spécial réveillon *mit* peluches.

0 h 30 Bonne année tout le monde !!!!!!!!!
Tout compte fait, on s'est payé une bonne tranche de marrade sur l'échelle de l'humorisité grâce à notre spécial disco du nouvel an en compagnie de Charlie le Cheval et de Nounours. Un souci cepen-

dant, Miss Frangette s'est bécotée avec Nounours pour de vrai.

Elle m'a sorti :

– Je fais comme si c'était Tom.

– T'as raison. Nounours et Tom ont un tas de points communs. A commencer par les oreilles velues.

On était en train de se filer des pains à coup de bestioles peluchées quand le téléphone a sonné.

C'étaient Super-Canon et Tom qui nous appelaient de l'île de Man. Yesssssssssssss ! ! ! ! !

Super-Canon m'a fait :

– Bonne année, ma sublime. A plus.

Après quoi il est reparti faire du lancer de nains ou est-ce que je sais moi des festivités de nouvel an dans l'île de Man. J'ai lu quelque part que l'homme de Man se faisait toujours flageller en cas de délit. Il ne faut donc s'étonner de rien.

Comme Jas avait tourné Miss Culotte méga couvrante reine des givrées après sa converse au bigo avec son Craquos, on a regardé les gens chanter et se bécoter à la télé.

1h15 Trop nul.

Ma « famille » a fini par rentrer et Vati n'a rien trouvé de mieux que de revenir avec un bout de charbon, soi-disant pour nous faire plaisir. L'homme avait l'intention de sacrifier à la tradition qui veut que la première personne qui entre dans la maison le 1er janvier apporte du charbon, et ce dans le but de tenir la maisonnée au chaud toute l'année. En fait de première personne, il s'agirait plutôt de premier dingo en ce qui nous concerne. Un dingo gravement congestionné qui a déboulé dans la baraque en criant « Bonne année ! ». Horreur, malheur, il a même essayé de nous embrasser Jasounette et moi. On s'est défendues bec et ongles par Nounours et Charlie le Cheval interposés. Libby s'est jointe à la mêlée en se suspendant à la pilosité mentonnière du père de famille et on en a profité pour se carapater dans ma chambre.

Dimanche 2 janvier

11 h 30 Histoire de nous remonter le moral, on a commencé une liste de choses à emporter au Pays-de-la-Baguette-à-Béret.

Moi à Jas :

– Si tu veux mon avis, je crois qu'on va être obligées de louer un autre rafiot rien que pour nos produits de capillarité.

Lundi 3 janvier

14 h 00 Suis passée chez Jas, histoire de me morfondre de conserve avec elle. Nous voilà unies par le bourdon de veuvage. On a passé la journée à écouter des chansons tristes en s'entraînant à faire les interviewées pour le jour où on passerait dans une émission spécial people à la télé. Jas est confondante de nullité. Moi, je faisais l'interviewer et elle la people et devinez ce qu'elle répond à la question « qu'est-ce que vous attendez de l'avenir » ?

– La paix dans le monde et plus de légumes bio dans les magasins.

Non mais, ça intéresse qui, ça ?

Personne. Telle est la réponse.

Ooooooooh, plus seule et plus rasée tu meurs. Il ne se passe RIEN dans ce bled.

Retour à la maison au triple galop. Le seul béat sur cette terre, c'est Angus. A l'heure de maintenant, le monstre est mollement allongé sur le mur du jardin des Porte-en-Face. Je ne vous raconte pas comme il est fier d'être père de famille. Seulement, je me demande quand on aura le droit de donner un nom aux petits minous. Les Porte-en-Face refusent d'aborder le sujet. Je les trouve terriblement infantiles.

J'ai à peine ouvert la porte que Mutti m'a fait :

– Robbie t'a appelée. J'ai noté son numéro à côté du téléphone.

Jambes de poulpe à tous les étages (avec genou mou et un rien de frisson dévastateur en prime).

Le problème est de savoir si je le rappelle ou si j'attends qu'il le fasse ? Ceci mérite réflexion.

Peut-être qu'un peu de chocolat à l'orange faciliterait le travail des méninges. Descendons voir s'il en reste.

Le salon a tourné au cauchemar ambulant à forte pilosité mentonnière.

Vati a eu l'excellente idée d'inviter des collègues de boulot ainsi que l'inénarrable oncle Eddie à venir regarder un match de foot à la télé. Tout en suçotant sa canette de bière avec un air trop satisfait, le père de famille m'a fait :

– Georgia, je te présente Mike, Nick, Paul et Bingo... mes potes !

Mes potes ? Depuis quand les potes ont 85 ans ? Et demi.

Trop consternant, « les potes » ont l'intention de monter une équipe de foot ! J'étais à deux doigts de leur dire : « Vous croyez que c'est raisonnable d'aller gambader sur un stade dans votre état ? » Mais je n'ai pas eu le temps. Vati lâchait une bombe !

– Alors, Georgia, qu'est-ce qui se passe avec ce Robbie ? Comment se fait-il qu'il t'appelle tout le temps ? Sans compter qu'il est toujours dans le coin. Quel âge a-t-il au fait ?

Réponse de moi-même avec un max de dignité.

– Je crains, père, de ne pouvoir m'entretenir avec toi de ma vie privée dans la mesure où j'ai rendez-vous pas plus tard que tout de suite avec *Sa majesté des mouche*s.

– C'est qui celui-là ? demande l'ancêtre.

Morts de rire, les « potes ».

Moi :

– *Sa majesté des mouche*s est un livre de William Golding que je dois lire pour l'école, ai-je répondu en quittant la pièce à la vitesse de l'éclair.

Dans l'escalier, j'entendais les « potes » délirer à qui mieux mieux, style « Non mais, ça croit tout savoir les jeunes d'aujourd'hui. Je t'en ficherais des bouquins, moi... Et du Français... De mon temps, tout gosse bien élevé ne la ramenait pas... »

Intervention de Vati :

– Et vous savez quoi, les gars ? Dans mon lycée, la peine de mort était toujours en vigueur.

L'intervention de père a plongé les « potes » dans une hilarité de grande envergure, style je ris comme un dingo à barbe que je suis.

22 h 30 Je n'ose pas appeler Robbie. Si Vati s'en aperçoit, il ne va plus me lâcher au rayon suspicion.

23 h 00 Non mais, l'ennui de *Sa majesté des mouches*, c'est rare... Sans parler de l'étrangeté de la chose. J'ai toujours trouvé les garçons bizarres mais de là à imaginer qu'ils se boulotteraient entre eux. Dieu me tripote, j'ai intérêt à faire gaffe de ne jamais me retrouver seule sur une île avec un troupeau de garçons.

Tom est rentré de son Noël familial. Jas ne se tient plus. Elle a carrément dépassé les bornes du ridicule. C'est vraiment la copine des beaux jours par excellence, celle-là. Dès qu'elle retrouvera son soi-disant copain, elle me laissera tomber comme un vieux collant. Quand je pense que je dois attendre jusqu'à mardi pour revoir mon Super-Canon.

Je ne vous raconte pas la neige qu'il est tombé cette nuit ! Quand le monstre a foncé dehors ce matin, fidèle en ça à ses habitudes, il a disparu dans la poudreuse ! Oreilles comprises. C'est vous dire l'épaisseur. Le félidé adore la neige. A l'heure de tout de suite, il fait le tour du jardin par bonds successifs. Mais style anneau de vitesse et en éternuant comme un dératé.

Le Top Gang organise une séance luge au parc cet après-midi. Mais je n'irai pas. Et vous savez pourquoi ? Tant que mon bien-aimé ne sera pas de retour, je ne vois pas comment j'aurais la tête aux sports d'hiver.

Coup de bigo à Rosie pour lui expliquer le topo.

Elle :

– Fais l'amour, pas la guerre !

Non mais, qu'est-ce qu'elle me chante ?

Soit dit en passant, j'ai aperçu Ellen et Dave la Marrade main dans la main hier place Churchill et, va savoir pourquoi, ça m'a fait un truc.

10 h 00 Robbie m'a passé un coup de bigo depuis Petaouchnoc (ou bien Poireauville... enfin bref, du Pays de Galles, quoi). Les concerts marchent au poil. Lui, moins. L'homme est total vanné. En plus, il a la gorge tout acamachée à force de chanter. Du coup, il ne s'est pas éternisé question converse. Enfin, j'ai quand même eu droit à :

– Tu me manques, ma sublime.

Bouh ! Bouh ! C'est trop triste.

Courage, mardi, il sera là. Pas impossible que je fasse atelier bécots, histoire de me dégourdir les lèvres.

Je vous livre le programme de l'atelier bécots. Dix saluts au soleil façon yogi et quarante pulpations de lèvres (façon Mick Jagger).

18 h 00 Retour au Stalag 14 demain ! Non mais, quand sera-t-on libérées de cette taule ? De l'autre genou et du bon, grâce à la neige, la Bête A Gants anti-cécité des neiges va pouvoir faire sa première apparition publique à but d'hilaritude.

20 h 00 Coup de bigo circulaire aux membres du Top Gang.

– Rosie ?

– *Le véritable*. C'est moi.

– C'est toi ?

– Affirmatif.

– Salut.

– Salut.

Et pof, on raccroche. Je la rappelle illico.

– Je n'ai qu'une chose à dire, ma Roro. Opération BAG anti-cécité des neiges.

– Bip… Bip…

Poursuite de ma tournée téléphonique avec Mabs et Ellen. Les filles sont dans les starting-blocks. Reste Miss Culotte méga couvrante reine des navrantes que je gardais pour la fin.

– Salut, ma vieille. T'as vu ? Il neige. Alors prépare ta Bête A Gants.

– Oh, non ! On va se choper un blâme d'entrée.

– Pas faux, mais songe un instant au très riant de la chose.

– Oui, mais…

– Écoute, Jas. Si jamais tu n'arrives pas à songer à la marrade, songe donc au bourre-pif que tu vas te prendre si tu ne fais pas la BAG.

Lundi 10 janvier

Rendez-nous avec tout le monde en bas de la colline du parc pour accrochage d'oreilles de BAG et enfilage de lunettes de soleil. J'ai cru que Rosie allait se faire pipi dessus tellement elle riait de nous voir dodeliner de la BAG en montant la côte.

8h55 Mabs s'est vautrée sur un arbre pour cause de vision incertaine. Trop mortes de rire !

Dès que la grille du collège a été en vue, la silhouette fouinante d'Œil-de-Lynx s'est détachée sur l'horizon. Tout le monde a rentré fissa ses oreilles sous son béret. Mais pas ses lunettes.

En passant devant la capote en chef, j'ai remarqué

qu'elle était animée d'une volonté inquisitrice exprimée par *tss tss tss tss* répétitifs. Elle m'a fait :

– Qu'est-ce que c'est encore que cette idiotie ?

– C'est pour éviter de se choper la cécité des neiges, Mme Heaton, réponds-je.

– Quel dommage qu'il n'y ait pas moyen d'éviter la bêtise !

Si vous voulez mon avis, cette remarque dénote un manque d'éducation caractérisé chez une personne supposée instruire la jeunesse d'aujourd'hui. Mais j'ai préféré garder mon avis par-devers moi.

Mardi 11 janvier

8 h 25 Ce jour est à marquer d'une pierre bleue. Retour de Super-Canon et ouverture des yeux des petits minous ! ! ! ! Ils sont trop trognons et comme je l'ai fait remarquer à Jas, c'est tant mieux qu'ils voient. Ils pourront enfin se mettre des peignées dignes de ce nom sans se rater.

21 h 00 Super-Canon est passé me voir dès sa descente de car. Trop génial, non ?

C'est Vati qui lui a ouvert la porte. Le père de famille a beau me prévenir sur-le-champ, devinez qui je trouve avant moi en déboulant dans l'entrée ? Mutti ! Les deux vioques haussaient les sourcils de concert en prenant l'air méga inspiré. Style, j'essaye de faire moderne et je comprends à mort les jeunes. C'était d'un grotesque achevé. Et ça n'en finissait plus.

Vati s'apprêtait à embrayer sur un sujet passionnant : le Pays-du-Kiwi-en-Folie quand j'ai mis le holà.

– Dis, Robbie, ça te dirait d'aller faire un tour ? J'ai… euh… un peu chaud.

Intervention de père.

– Mais enfin, Gee, la température avoisine les moins sept et il fait nuit noire...

L'embarbé aurait sûrement poursuivi encore quelques siècles si Mutti n'avait mis un frein à son enthousiasme en lui lançant le regard spécial mère moderne compréhensive qui dit en gros : « Allons, Bob, tu te souviens comme tu étais à cet âge-là, non ? » Sur le plan physique, ça me paraît carrément impossible. C'est immonde d'imaginer un truc pareil ! Taistoi cerveau ! Ne regarde surtout pas dans sa direction. Tais-toi, je te dis ! ! ! !

Pour finir l'ancêtre m'a fait :

– Tu as la permission de 23 h.

Oh, la honte. Et trop nul.

Super-Canon m'a pris la main et on a filé. Dès qu'il a fait assez noir, j'ai eu droit illico au bécot de l'enfer. Youpiiiiiiiiiiiiiiiii !

Minuit Nom d'un bichon havanais, il fait atrocement frisquet de la nouille. Encore heureux que j'aie mon amour pour me tenir chaud (et ma deuxième culotte).

Honnêtement, j'ai rudement bien fait de me livrer à un atelier bécots avant de revoir Super-Canon. Résultat, je n'ai pas une courbature des lèvres ! Pendant notre promenade bécoteuse, l'homme m'a narré la vie du musico en tournée. Curieux, il semblait ne plus la trouver à son goût. Si vous voulez mon avis, c'est une phase. Dès qu'on aura tourné billionnaires, je vous garantis qu'il changera son fusil de genou.

1h00 Pourquoi mais pourquoi m'a-t-il demandé si j'aimais la campagne ? Si ça se trouve, il a des projets séances bécots champêtres.

Intrusion de Vati dans chambre *mit* tasse de thé ! ! ! ! !

Moi :

– C'est quoi ce réveil en pleine nuit ? Tu as le feu au popotin ou quoi ?

Remontage de couette d'urgence des fois que le père de famille apercevrait une parcelle de mon anatomie. Étrange, il n'a pas l'air de vouloir décamper. Je le trouve bien empourpré ce matin, et pour le moins embarbé.

– Écoute, Gee, je ne prétends pas me mêler… enfin, je veux dire, tu as ton idée… et Robbie m'a l'air vraiment… très bien comme garçon… mais, c'est juste que c'est un gaillard… Je ne voudrais pas que… Bref, je trouve que c'est un peu tôt pour une relation sérieuse.

Par le soutif de Bouddha, de quoi au juste m'entretenait-il ?

La déclaration parentale s'arrêtait là. Le père de famille a quitté ma chambre après m'avoir ébouriffé les cheveux (prodigieusement agaçant). Robbie un « gaillard » ? Vous pouvez répéter la question ?

Je crois qu'il est grand temps que j'annonce à Vati mon départ pour le Pays-du-Hamburger-en-Folie et pour cause de tournée des Stiff Dylans. C'est clair que l'homme doute de ma maturosité. Croyez-moi, il est dans l'erreur.

Erreuron, erreuri, erreurette, erreurinounette.

Avec tout ça, je ne sais toujours pas quel budget prévoir pour mon séjour au Pays-de-la-Baguette-à-Béret au rayon incontournables. Je ferais mieux de tâter le terrain sur le plan pépètes parigotes. Comme ça, j'aurais une idée du pécule nécessaire à un déplacement outre-Atlantique.

Dans le salon

19 h 30 Qu'avise-je en entrant dans la pièce ? Vati
en train de faire des pompes ! ! ! ! ! ! J'espère
que l'expert en tuyauterie est bien assuré.
- Vati ?
- Urgh.
- Tu me filerais 220 livres pour mon week-end à
Paris ?

Je ne vous raconte pas le spasme. Un peu plus
et j'étais obligée de faire appel à mes compétences
de secouriste. C'est une chance que je n'aie pas eu à
le faire. Tout ce que je sais dans le domaine se résume
à faire recracher son berlingot à un crétin qui s'étouffe
avec.

Samedi 15 janvier

La neige a fondu ! Finalement, ce n'est pas dommage car les centenaires ne sont pas à la fête quand il
y en a. N'empêche, le vioque est parfois méchamment
soupçonneux. J'en veux pour exemple le Père Porte-
à-Côté. Hier je me disais comme ça, si ça se trouve
le voisin canichophile hésite sûrement à sortir rapport
aux congères. Bonne fille, je lui propose gentiment
de lui faire ses courses. Eh bien, il l'a très mal pris.
Alors que je lui disais juste :
- Il n'a pas échappé à ma sagacité légendaire que,
par temps de neige vous étiez encore moins stable
que d'habitude sur vos pattes arrière.

Et le voilà qui m'enjoint vertement d'aller embêter
quelqu'un d'autre. En ce qui me concerne moi personnellement, je trouve Gros Popotin assez grossier.

14 h 00 La famille ayant déserté les lieux, Super-Canon est passé me voir. On s'est bécotés non-stop trente-cinq minutes d'affilée (je peux vous certifier la durée, j'avais une vue imprenable sur la pendule du salon pile derrière l'épaule gauche de Robbie). On était en plein ébats quand Rosie a appelé. Elle organise un barbecue en intérieur chez elle ce soir. Le thème de la soirée est la « saucisse ». Robbie ne peut pas venir, il a plein de trucs à faire.

Bye Bye Choupi-Trognon.

20 h 30 Finalement, je ne suis pas allée à la saucisse-partie. Dieu seul sait ce que la saucisse aurait fait surgir en moi. Avec le poisson je ne m'étais déjà pas distinguée à la soirée du même nom, alors avec la saucisse… A la place, j'ai bossé mon Français, histoire de me débrouiller dans les magasins parigots.

21 h 00 Saucisse se dit *la sauciflard* en français. Tais-toi cerveau !

Je me fais un léger mouron concernant Super-Canon. Cet après-midi il est arrivé monté sur une bicyclette d'avant-guerre en lieu et place de sa Mini trop classe.

23 h 30 J'espère qu'il ne projette pas de m'emmener en randonnée à vélo. Primo, il fait moins cent cinquante degrés et, deuzio, la dernière fois que j'ai fait du biclou, ma jupe s'est prise dans les rayons de la roue arrière et je suis rentrée à la maison en culotte.

MAXI DÉLIRE AU PAYS-
DE-LA-BAGUETTE-À-BÉRET

Stalag 14
Plus que quatre jours avant le maxi délire
au Pays-de-la-Baguette-à-Béret
Français

Sublime-Henri est carrément génial et atrocement craquant par le fait. Il nous a exposé le programme des joyeusetés en *le bel France* assorti d'un paragraphe consacré à notre paquetage. A ce qu'il paraît, on dormira à *l'Hôtel de Gare du Nord* et vous savez quoi ? Il est fortement question qu'on visite les Champs-Élysées et le Centre Pompidou ! Que des trucs *le super*. Après quoi la Mère Slack a ramené sa fraise pour ramasser les formulaires qu'on nous avait demandé de faire signer par nos vieux. Le formulaire habituel qui stipule que le corps enseignant ne pourrait en aucun cas être tenu responsable si admettons deux trois Parigots délirants mettaient le feu à notre jupe. Ceci fait, l'experte en bérets nous a annoncé ceci :

– Écoutez-moi, mesdemoiselles. Concernant le samedi matin, je vous informe que vous avez le choix entre plusieurs excursions. Soit les égouts de Paris avec moi, soit la tour Eiffel avec Monsieur Hilbert (Sublime-Henri), soit le Louvre avec Herr Kamyer. Alors, soyez assez aimables de venir me communiquer votre choix.

Méga discussion dans la queue pour savoir quelle visite seyait le mieux au Top Gang. Comme de juste, la seule à vouloir faire la balade intra-égouts, c'est Jas !

Moi :

– T'es gentille, ma vieille, mais tu m'expliques l'intérêt de zoner dans un égout ?

– Ben, d'abord, c'est très historique, l'égout. Et ensuite, on pourrait apprendre plein de trucs qu'on ne connaît pas.

– *La contraire, mon petit courge.* On n'apprendrait que des trucs qu'on connaît déjà. A savoir que l'égout français est grosso modo le frère jumeau de l'égout grand-briton, sauf qu'il est Baguette-à-Béret.

Je ne vous raconte pas la tête de musaraigne à yeux exorbités que Jasounette m'a faite.

Obligée de me fendre d'une explication :

– Excuse-moi, mais l'égout parigot, c'est rien moins qu'un tunnel bourré de popo français. Et c'est quoi d'après toi la différence entre du popo français et du popo anglais, hein ? Je te le demande ?

Résultat des courses, on va toutes à la tour Eiffel avec Sublime-Henri.

Ellen :

– J'ai hâte d'être à Paris et tout ça, mais Dave la Marrade va me manquer. Il est trop...

Moi :

– La Marrade ?

– Ouiiiii, répond Toute-Crétine en virant au rouge cramoisi.

Nom d'un griffon à poil laineux !

Forcément, moi j'ai l'habitude d'être séparée de

mon Super-Canon. Ça fait à peine une semaine qu'il est rentré que je suis déjà en partance pour le Pays-de-la-Baguette-à-Béret.

N'empêche, sur le plan hilaritude, j'ai parfois des doutes le concernant. Je crains que sous l'enveloppe supercanonesque se cache un être méga raisonnable. Je vous donne un exemple. Figurez-vous que le biclou d'avant-guerre qu'il chevauchait l'autre fois a été acheté par lui-même dans le souci de respecter l'environnement ! Une supposition que l'évolution de l'homme ne s'arrête pas là et qu'un jour, il arrive en… imper ! ! ! ! ! !

Jeudi 20 janvier

On a eu droit au célèbre (je plaisante) discours de la Mère Fil-de-Fer « N'oubliez pas que vous représentez la Grande-Bretagne en terre étrangère ». Non mais, sans blague, c'est comme si la réputation de toutes les îles britanniques reposait sur nos frêles épaules.

Commentaire de Bibi à Jools.

– On n'est pas encore montées dans le car que je suis déjà totale vannée.

Minuit Je ne sais par quel miracle j'ai réussi à faire tenir toutes mes affaires dans un sac. Il faut dire aussi qu'on avait décidé avec Miss Frangette de se partager des trucs, histoire de gagner de la place. Exemple, c'est moi qui fournis le gel de capillarité pour tout le week-end et, de l'autre bras, c'est Jasounette qui se charge de la crème hydratante. Mais pas question de partager les culottes. Merci bien.

J'ai fait mes adieux à mon amour. C'est atroce, il s'est ENCORE radiné sur son vélo! Mais le pire, le voici, il a conversé avec Vati d'un sujet ô combien passionnant : le Pays-du-Kiwi-en-Folie... sans se tirer une balle dans le cigare pour cause de rasage mortel!!!!!! Précision de taille, Super-Canon posait même des questions à l'embarbé! Preuve qu'il l'écoutait pour de vrai délirer sur les Maoris. *Le très étrange.*

Vendredi 21 janvier

A bord de *Le Esprit*

Midi Nous voilà enfin parties pour *le bel France*. Parties, oui. Arrivées, ça m'étonnerait moyen. Primo, le bateau est Baguette-à-Béret, et deuzio, le type à la barre est givré. Exemple : en quittant Newhaven, le loup de mer s'y est pris à quatre fois pour éloigner le bateau du quai. Il avait oublié de larguer les amarres!

13 h 00 *Le zut*, je ne vous raconte pas comme on est ballottées. Comme des *la bouchon*, tiens. Si je m'écoutais, j'irais me plaindre à Capitaine Givré (à moins que l'as du gouvernail ait déjà été hélitreuillé vers l'hôpital psychiatrique le plus proche). Il faut que le matelot comprenne qu'il est grand temps de prendre un itinéraire qui ne passe pas par des vagues de deux kilomètres de haut. Herr Kamyer, champion de Germanie des azimutés et navrant à ses heures, vient de se fracasser la tronche sur la porte des toilettes pour dames et pour cause de perte de son équilibre.

13 h 15 En entrant dans la salle de restaurant, qu'est-ce qu'on voit affiché au menu, je vous le demande ? *Soupe du jour*. Une information qui incite immédiatement Rosie à solliciter le serveur francophone :

– Sauf votre respect, je pourrais avoir *le soupe* d'hier ?

Trop dommage, le mangeur de grenouilles n'a pas tilté.

13 h 30 En train de tituber gravement sur le pont par vent de force cent douze. Mais qui aperçois-je là-haut ? Capitaine Givré dans sa cabane de pilotige !

13 h 32 Il ne me reste plus qu'une solution pour cesser de me casser la binette, m'accrocher à ce porte-drapeau qui me tend les bras à la poupe du rafiot.

13 h 35 Non mais, qu'est-ce qu'il a à me dévisager comme ça, Popeye ? Si je me suspends à son drapeau, c'est ni plus ni moins par souci d'arriver au Pays-de-la-Baguette-à-Béret encore de ce monde.

Saperlipopette, le drapeau m'est resté dans la main ! Était-ce bien nécessaire aussi de faire sauter le rafiot avec une telle violence ?

14 h 30 La Mère Slack qui, jusqu'à tout de suite, était littéralement ventousée à Sublime-Henri (je vous présente Slack l'arapède), s'est mise en tête de faire un binz international de l'affaire drapeau. Capitaine Givré est descendu sur le pont (méga plus, il s'est fait remplacer) et la Mère Slack lui a

111

dégoisé en Baguette-à-Béret. Et que je te montre du doigt la fautive et que je crie à tout va et que je hausse les épaules. Un vrai festival.

A propos, est-ce que quelqu'un peut m'expliquer pourquoi la Mère Slack se trimballe avec deux sacs à main surdimensionnés ? A tous les coups, elle range son rouleau de Scotch et sa règle dans le premier, et son mouchoir dans le deuxième. Non mais, est-ce bien raisonnable de laisser la jeunesse d'aujourd'hui aux mains d'une maniaque ? A moins que les Baguette-à-Béret soient fétichistes du sac à main. Autre hypothèse. D'où remarque à Jasounette :

– Tu as vu ? Sublime-Henri aussi a adopté le look petit sac à main !

Rosie :

– Ce coup-ci, ma Gee, tu es bonne pour la passerelle de débarquement. *Le revoir, mon petite camarade.*

Réponse de moi-même :

– Il y a gourance, ma Roro. Je vois mal notre ami Capitaine Givré trouver une passerelle sur son rafiot. Faudrait déjà pour ça qu'il soit capable de repérer *le bel France*.

Précision. J'ai fait ma remarque à voix basse. Merci, très peu, je n'avais pas envie de provoquer une nouvelle salve de haussements d'épaules intempestifs.

Pour finir, la Mère Slack m'a traitée de crétine un bon billion de fois. Et j'aurais pu légitimement en être froissée si moi-même, en tant que personne, je n'avais aucun doute sur mon génie personnel et particulier.

En prime, j'ai dû aller m'excuser auprès de Capitaine Givré. En Baguette-à-Béret !

16 h 45 Toujours en train de faire des montagnes russes sur ce foutu rafiot quelque part dans l'Atlantique ou sur un lac, pour ce que je sais de notre position à l'heure où je vous parle.

Et puis soudain, je vois Rosie se jeter à genoux et crier :

– Terre ! ! ! ! ! ! ! ! Merci mon Dieu, terre !

Ce qui de mon point de vue était proprement hilarant.

Un bémol cependant à cette liesse. Connaissant Capitaine Givré, ça pouvait aussi bien être l'Islande.

Le loup de mer allait bientôt me contredire par voie de haut-parleur en nous annonçant que Dieppe était en vue.

Moi au Top Gang :

– Avec un peu de chance, on aura accosté demain soir.

21 h 00 Ne me demandez pas comment, mais on a survécu à la traversée de l'enfer. Après quoi, on est montées dans le train pour Paris. Je n'ai pas pris la peine de vérifier mais je mettrais ma tête au feu que le conducteur de loco portait un béret. Et on est quand même arrivées saines et sauves à *l'Hôtel de Gare du Nord*. En plein *la gai Paris* ! ! !

Dès qu'on a été rendues, la dame de la réception nous a proposé de nous montrer nos chambres. Je ne vous raconte pas l'accent. Mortes de rire, on était. Au début, j'ai cru que le Baguette-à-Béret parlait avec un accent uniquement pour faire rire le chaland. Erreur, le Baguette-à-Béret n'est pas désopilant, il est français. Point. Et c'est la raison pour laquelle, je le *aimer* tant.

Super nouvelle. Sublime-Henri nous laisse dormir dans la même chambre toutes les six ! ! ! ! C'est pas géant, ça ? D'habitude, il faut toujours que l'enseignant nous sépare. Le Top Gang est de retour.

Yesss ! ! ! ! ! ! ! *La* filles ont débarqué ! ! ! Méga plus, la chambre est trop géniale et j'ai le lit près de la fenêtre !

Moi, vautrée sur ma couche :

– Vous savez quoi, *mon petites amies* ? A partir de dorénavant, c'est comme ça que je veux vivre !

Rosie :

– T'es pas bien, Gee. Tu comptes finir tes vieux jours dans une chambre avec cinq copines ? C'est quoi tes projets ? Ouvrir un élevage de goudous ?

Forcément, j'ai latté la tronche de Roro à coups d'oreiller.

Figurez-vous que Jas a emporté la photo de son Craquos et d'elle au vivarium. Elle est déjà posée sur sa table de nuit ! Au fait, qu'est-ce qu'elle est en train de fabriquer Toute-Crétine sous son oreiller là maintenant ? Elle planque un bouquin !

Moi :

– C'est quoi ce bouquin ?

Ellen :

– C'est pas un bouquin. C'est du boulot pour l'école.

Vérification de visu par Roro.

– Mais si, c'est un bouquin ! Écoutez un peu le titre : *La Mantille de dentelle noire.* Sous-titre : Histoire d'une passion en haute mer ! !

Ce coup-ci, on sait ce qu'Ellen bosse dans son coin : le BEPC du bécot ! Je me jette sur l'objet et le feuillette rapidement. Et que constate-je ? Qu'il s'agit ni plus ni moins d'un livre semi-cochon. Encore deux trois pages et je trouve un passage gratiné à lire au Top Gang.

– « Son visage farouche et fier, son corps mince et terriblement musclé, la force animale qui se dégageait de tout son être, semblable à celle d'un étalon, exerçaient sur les femmes une attraction irrésistible. »

Rosie :

– C'est le portrait craché de mon Sven.

Jas :

– Tu veux dire que Sven serait style étalon ?

Rosie :

– *Le positif.*

Moi :

– Étalon chez les dingos.

Rosie :

– *Le oui.*

Moi :

– Au fait, ma Roro, vous en êtes où avec ton étalon des dingos sur l'échelle de Richter ?

– On en est au numéro huit.

Je rappelle pour ceux qui auraient oublié que le numéro huit désigne les caresses sur la partie supérieure du corps en intérieur. Pleins feux sur les flotteurs de Rosie qui, soit dit en passant, ne boxent pas dans la catégorie poids lourd.

Ellen :

– Dis, Rosie, est-ce que... enfin, je veux dire... est-ce que tu trouves que ça fait grossir les... nunga-nungas ?

Rapide vérification de Rosie au rayon flotteur.

– C'est pas impossible. Tu ferais mieux de demander à Georgia. Sur elle, ça marche du tonnerre.

Oh, non, ça ne va pas remettre ça. Je pensais qu'avec mon nouveau soutien-nunga-nungas j'étais à l'abri des persiflages. Changeons habilement de sujet.

Moi :

– A propos et hors de propos, Ellen. T'en es où avec Dave la Marrade ?

Inutile de vous dire que Toute-Crétine vira illico au rouge soutenu.

– En fait, tu vois... Dave embrasse vraiment bien si tu vas par là.

Je te remercie, mais je suis bien placée pour le savoir. Rosie était soudain très intéressée par le sujet.

Rosie :

– Et au point de vue manuel, il est déjà entré en contact avec ton anatomie, ton Dave ?

J'ai cru qu'Ellen allait exploser à force de rubéfaction.

– Ben, il m'a caressé les cheveux, fut sa réponse.

Je vous prie de croire que la caresse de cheveux ne figure pas sur l'échelle de ce que vous savez. Si jamais, on avait pris la peine de la mentionner, elle serait en moins un.

Depuis la fenêtre de notre chambre, on a une vue imprenable sur les rues de *la gai Paris* et beaucoup plus intéressant, sur les Baguette-à-Béret de type mâle. Je dois dire que certains autochtones se défendent correctement au rayon attractif. Sauf qu'ils sont affublés de futes un brin feu de plancher à mon goût. Mais si ça se trouve, c'est la mode au *gai Paris*.

Moi aux copines :

– Non mais, visez-moi ça. Tout ce qui a deux pattes porte le béret sans y être obligé pour cause d'uniforme scolaire. A moins que le Baguette-à-Béret aille à l'école jusqu'à quatre-vingt-quatorze ans.

Samedi 22 janvier

9 h 30 Oh, j'aime *la gai Paris* atrocement. Devinez ce qu'on a eu au petit déj' ? Un chocolat chaud *mit* croissant. C'est le menu préconisé par les us et coutumes locaux pour tous les moins de vingt ans. C'est pas génial, ça ? Trop miam les us !

Départ pour la tour Eiffel sous la houlette de Sublime-Henri. Histoire de faire ambiance locale, j'ai entonné gaiement « Oune, dos, tresse, oune pas si tôt… » à pleins poumons mais Rosie m'a interrompue vite fait. A ce qu'il paraît Ricky Martin ne serait pas français. Même pas un peu.

En haut de la tour Eiffel

11 h 00 Je ne sais pas comment on a fait notre compte avec Jasounette mais on a réussi à semer le reste du Top Gang. Enfin si, je sais. Miss Frangette m'a tannée pour que je la prenne en photo avec des pigeons parigots. Comment les populations pourront deviner la nationalité du pigeon sur la photo, je me le demande.

Moi à Jas :

– A mon avis, si tu veux qu'on les situe géographiquement tes pigeons tu auras intérêt à leur dessiner des petits T-shirts à rayures.

Tout ça pour dire que les copines ne nous ont pas attendues et qu'on s'est retrouvées coincées devant un groupe de gosses parigots dans les neuf ans d'âge physique. Les mouflets ont passé le million d'années que requiert l'ascension de la tour Eiffel à zieuter sous nos jupes !

Jasounette ne craignait rien côté indiscrétions grâce à sa culotte spécial vacances (le même modèle méga couvrant que pour l'école mais avec du froufrou-tis aux entournures). Ce n'était pas mon cas. Je fais dans la culotte normale, moi. Résultat des courses, j'ai dû monter les marches en gardant les cuissots hypra collés. Ce n'est pas aisé, je vous assure. Chaque fois que je me retournais, je trouvais les mini Parigots l'œil exorbité tel le lémurien atteint d'hyperthyroïdie.

Quand on a fini par arriver en haut, Jas m'a fait :

– De toutes les manières, c'est de ta faute. Tu n'as qu'à mettre des culottes convenables.

– *Fermez le bouche, ma petite compagnon* ou *je fermez pour toi à l'aide de* ramponeau.

Oh, là, là, *la gai Paris*

14 h 00 On s'est fait une petite balade sur les berges de la Seine *mit* soleil d'hiver. Trop génial. Les quais étaient bourrés de musicos et, en prime, on a visité le marché aux zoziaux. J'aurais bien rapporté un pinson ou une brochette de perruches à la maison, mais avec le monstre ce n'est même pas la peine d'y penser. Une supposition qu'il fasse de l'hypoglycémie de minuit, l'espérance de vie du volatile rétrograde à deux minutes maxi. A un moment, on passait gentiment sous l'arche d'un pont avec le Top Gang quand un gus qui jouait du saxo a lâché brutalement son instrument pour se mettre à jongler. Avec rien ! Trop bizarre.

Moi :

– Tu as vu, Jas ? Le mélomane n'a pas de boules.

– Oh, oh, a fait Rosie en entendant ma déclaration.

Forcément, on est toutes parties d'un fou rire de hyènes.

A la fin de la crise d'hilaritude, Jas a sorti :

– Si ça se trouve, ce saxophonophile mime un truc.

Comment ça ? Il mime qu'il jongle peut-être ? A mon grand dam, on a fini par comprendre. En fait, le gus faisait celui qui jonglait avec mes flotteurs. Trop nul. Je suis la première à reconnaître une légère parano au rayon nunga-nungas, mais là c'était limpide pour tout le monde (même Jasounette) que le type était un gros cochon. La preuve, il a montré du doigt

118

mes flotteurs avec un sourire trop dégueu. Et ensuite, il a remis ça avec son truc de jonglerie. C'était immonde.

Quand serai-je libérée de la tyrannie de mes flotteurs ? Quand ? Je préfère vous dire qu'après cet épisode j'ai fermé mon manteau jusqu'en haut.

Maxi délire de *le nuit*

Sublime-Henri nous a emmenées rue Saint-Denis !
En arrivant sur les lieux, il nous a fait :
– Mesdemoiselles, c'est ici que les femmes de mauvaise vie vendent leurs charmes.
Et vous savez, ce que Jas a sorti :
– Non mais, où il a vu des femmes de mauvaise vie, Sublime-Henri ? Il n'y a que des prostituées ici.
Parfois l'absence totale de neurones de Jasounette me scie les bras. A force, ça force la marrade.

Enfin bref, pour en revenir à nos dindons, la rue Saint-Denis aurait aussi bien pu s'appeler rue Craignos. Les péripatéticiennes ressemblaient comme deux gouttes d'eau aux sœurs du même nom (Craignos, pas eau). Dans une version un peu moins empustulée.

Dingue, le mini sac à main n'est pas l'apanage du seul Sublime-Henri. Des tonnes de Baguette-à-Béret de sexe masculin sont dans le même cas. Et personne ne se tord de rire ! Je n'y comprends rien. Et si j'en rapportais un à mon Vati comme souvenir de *le bel France*.

Dimanche 23 janvier

Depuis qu'il est arrivé au *gai Paris*, Herr Kamyer a carrément dépassé les bornes de l'azimutage maxi.

Un exemple parmi tant d'autres. Le germanophone ose sortir dans la rue en fute spécial week-end et pull koala.

Méga attendrie, Jasounette m'a fait :

– Si ça se trouve, c'est sa maman qui lui a offert pour son Noël.

Ce n'est pas mon avis et je le partage. D'après moi, l'expert en short à bretelles s'est gentiment tricoté son pull tout seul comme un grand. Et je suis prête à parier qu'il en est fier comme un cancrelat.

13 h 00 Jasounette et Roro passent leur temps à squatter les cabines téléphoniques pour appeler leur chéri respectif, Craquos et Sven.

J'appellerais bien mon Super-Canon mais je ne vois pas quoi lui dire. Une supposition qu'il me demande ce que je fais de mes journées par exemple, je serais rudement embêtée. Vous me voyez lui raconter que j'ai sectionné un drapeau Baguette-à-Béret ou que des mini gus ont maté sous ma jupe, ou mieux, qu'un saxophoniste a pris mes nunga-nungas pour des balles de jonglage. Ce n'est pas que j'ai envie de lui livrer mes frasques parigotes, mais je me connais. A un moment ou un autre de la converse, je finirai par lui lâcher les morceaux.

14 h 15 Herr Kamyer s'est mis dans l'idée de nous enseigner les bases de Baguette-à-Béret nécessaires à l'achat de trucs et de machins dans les magasins. Merci, mon vieux, mais tu as un train de retard. Je connais la méthode. Il suffit d'envoyer Sublime-Henri le faire à ta place. Après tout, le Baguette-à-Béret est la langue maternelle du francophile. Mais le germanophone est obstiné. Il persiste dans ses volontés pédagogiques en accostant le troisième indigène venu pour lui demander un truc. Marrade garantie ! a) pas un autochtone ne pige ce qu'il dit, et b) de toutes les manières, vu qu'il n'est pas français, il n'obtiendra rien de personne.

Rectificatif. Le roi des piqués a quand même réussi à décrocher un truc. Compte rendu. Dépourvu de plan de Paris, le germanophile décide de s'adresser à l'office de tourisme. Juste avant d'entrer, il nous a prévenues :

– *Ach, Mesdemoizelles, je refiens dans zinq minutes mit plan, et enzuite nous zirons sur les Champs-Zélisées.*

Il faut le reconnaître, l'homme a vite fait… mais mal fait. En lieu et place du plan, il est revenu plus agité que jamais avec une canne souvenir ! Comme je l'ai finement fait observer à Jools :

– Le plus triste de la chose, c'est que l'officier de tourisme parle forcément le grand-briton.

Occasion photo souvenir plongeon dans la Seine

J'ai bien tenté sur l'expert en strudel la tactique du « Reculez un peu, Herr Kamyer, je n'ai pas votre pull en entier » mais trop dommage, l'homme s'est retourné pour voir où il mettait les pieds. Résultat des courses, qui se retrouve avec une photo du germanophile en pull koala sur les bretelles ? Bibi.

Notre-Dame

16 h 00 Trop gothique, la cathédrale ! Mais attendez une seconde. Pas un Quasimodo à l'horizon ! Il fallait y remédier. Le Top Gang fit preuve encore une fois d'une imagination que beaucoup nous envient de par le monde (bon d'accord, on a profité de

l'absence de l'encadrement en visite de cathédrale).
J'explique. Toutes les filles se sont transformées en
bossues (technique : on enfile son sac à dos sous son
manteau)! Les copines s'activaient gentiment en
criant des « Les cloches! Les cloches!» pendant que
Jasounette et moi, on grimpait sur un malheureux
monticule herbu, histoire de faire une photo du Top
Gang en Quasimodo sur fond méga romantique de
cathédrale (*le très historique*). On n'avait pas posé le
pied sur la plate-bande pelée que les éléments se
déchaînaient. Coups de sifflet tous azimuts par-ci,
méchants hurlements en français dans mégaphone
par-là. En moins de deux, on était cernées par une
tripotée de gus en uniformes. Dans mon for intérieur,
je me suis dit comme ça qu'on était bonnes pour
la Bastille. J'ai glissé à Jas :
   – Demande donc à la maréchaussée de quoi on
nous accuse ?
   Jas :
   – T'as qu'à le faire toi-même, Gee. C'est pas moi
qui suis preumse en français.
   Trop dommage, c'était juste pour casser les pieds
à la Mère Slack que j'ai eu A en Baguette-à-Béret.
Vous savez comment j'ai réussi ce prodige ? En
apprenant par cœur vingt-cinq mots de français.
Après quoi, je me suis débrouillée pour répondre à
toutes les questions du contrôle qu'avec mon mini
vocabulaire.
   Coup de bol, Sublime-Henri a volé à notre
secours. Et vas-y que je hurle et vas-y que je hausse
les épaules. En deux secondes chrono, tout le monde
haussait les épaules de conserve, même le type qui
vendait les graines à zoziaux. Non mais, qu'est-ce
qu'il avait à voir là-dedans, lui ? J'ai profité de l'agitation pour sortir au Top Gang :

– Dès qu'il y a méga meeting de hausseurs d'épaules, on file tel l'alizé trouver refuge dans Notre-Dame. Il faut supplier l'épiscopat de nous sauver !

Au final, tout s'est arrangé. Les dingos en uniforme étaient des gardiens de parcs ! Sortes d'Elvis, mais de parc. A ce qu'il paraît, il est interdit de marcher sur le gazon. Et vous savez pourquoi ? Parce que ça rend dingues les Elvis de parc !

On a eu droit au célèbre sermon de la Mère Slack « Comme toujours, il suffit de quelques pommes gâtées pour entacher la réputation de l'Angleterre », assorti d'une remise de médailles pour mauvaise conduite. Non, je yoyotte. Pas de médailles, de points.

A l'issue de la « cérémonie », j'ai sorti à Jas :

– On serait en droit de penser que le corps enseignant soutiendrait nos efforts pour donner vie à l'Histoire, mais tintin. *Le différent*, nous sommes crucifiées à la pointe de... euh... l'épée.

21 h 30 Ce soir, Sublime-Henri nous a fait découvrir un restaurant parigot. Trop génial, le resto. Le seul lézard dans la vichyssoise, c'est qu'un vieux poivrot n'arrêtait pas de miauler : « *Le non, je ne regrette la rien* » en s'accompagnant au piano.

Ellen :

– Ça raconte quoi sa chanson ?

Moi :

– Qu'il ne regrette rien. Il ferait mieux pourtant. Si j'étais lui, je commencerais par regretter de nous bassiner avec cette chanson.

D'après Sublime-Henri, le poivrot miauleur serait un chanteur Baguette-à-Béret méga connu. Nom d'un malamute d'Alaska !

N'empêche, super marrade toute la soirée. Ça a commencé avec le menu. Devinez ce qu'il proposait ? « Des cuisses de grenouille » ! J'ai fait ni une ni deux. Quand le serveur est venu me demander en grand-briton (enfin, genre) ce que j'avais choisi, je lui ai répondu aussi sec :

– *Le scuzez*, avez-vous des cuisses de grenouilles ?

– Oui, mademoiselle, a répondu le préposé avec un sourire.

– Alors, soyez gentil de sauter jusqu'à la cuisine me chercher un sandwich.

Mortes de rire, on était. J'ai cru qu'on ne pourrait plus s'arrêter de pouffer. Même le serveur a trouvé ça drôle (limite). Il n'y a eu que la Mère Slack pour ne pas apprécier. Elle nous a traitées « d'agitées » !

Lundi 24 janvier

Dernière matinée au *gai Paris*

Je me suis installée dans un café en attendant le reste du Top Gang parti reluquer les garçons de *le bel France*. Dingue, j'ai réussi à commander un café. Et un croissant. Curieux, mon croissant ressemble bigrement à un sandwich aux œufs durs (normal, c'est un sandwich aux œufs durs). N'empêche, c'est déjà mieux qu'une canne souvenir, non ?

Centre Pompidou

Midi Le coin est tellement bourré de Barjots-à-tête-blanche qu'il faut quasi leur marcher dessus pour traverser le parvis. Que je vous raconte ce qu'est le Barjot-à-tête-blanche. C'est un gus gravement peint en blanc des pieds à la tête style statue qui se la joue marbre pendant des plombes. Et quand je dis des plombes, ce sont des plombes, genre trois siècles. En fait, il attend que les gens en aient ras la casquette de le regarder rien faire pour se décider à remuer le petit doigt ou lever un pied. Après quoi, il refait le tout immobile pour le millénaire à venir. Le truc renversant, c'est que les gens lui filent des pièces.

Moi à Rosie :

– Non mais, *qu'est-ce que le point* avec les mimes ? Pourquoi est-ce qu'ils ne demandent pas ce qu'ils veulent comme tout un chacun ?

Je n'avais pas fini d'énoncer ce brillant commentaire que je remarque *la garçon* craquant en train de me regarder regarder le troupeau de Barjots-à-tête-blanche d'un œil torve. Mignon, *la garçon*. Atrocement mignon, même. Pantalon à peu près normal. Pas le moindre béret en vue. Ni mini sac à main.

A un moment, nos regards se sont croisés et il m'a souri. Je ne vous raconte pas le sourire. Et le regard, l'intensité du regard. Du jamais vu. Et avec ça, des cheveux bouclés d'un noir trop noir. Mais je vous rassure, le rosissement popotal étant loin derrière moi, j'étais au bord de l'ignorer quand il a tourné les talons.

Bref, *A la gare, comme à la gare*, comme diraient nos amis Baguette-à-Béret, bien que je ne voie pas très bien ce que le chemin de fer a à voir là-dedans (à moins que je me goure et que ce soit « guerre », le mot. Comment voulez-vous que je le sache ? D'ailleurs, je n'ai pas pris la Mère Slack en traître. Je lui ai tout de suite dit : « le français, c'est carrément une langue étrangère pour moi »)

5 minutes plus tard

Le très joli garçon français est revenu... avec une rose rouge !!!! Pour moi-même en tant que personne !!! Il m'a fait :
– *Pour le fille le plus belle de toute l'univers.*
Et juste avant de disparaître dans la foule, il m'a bécoté la main !!!!!!!
Je vous demande un peu.
Si vous aviez vu la tête du Top Gang. On a discuté pendant des plombes du bécot de main. Personne ne voyait où le caser sur l'échelle de Richter. Et comme on ne pouvait pas non plus le considérer comme un « à plus », impossible de savoir ce qu'il convenait de faire en pareille circonstance ! Devais-je emboîter le pas au garçon ? Faire un machin érotique avec la rose ?
Comme je l'ai déjà dit un bon million de fois avec un max de philosophitude : le garçon est un total mystère.

Le revoir

En montant dans le train, le Top Gang au grand complet a salué la ville des amoureux d'un « *Auf wiedersehen* » bien mérité. Voilà, on rentre en Grande-Britonne avec plein de souvenirs et... beaucoup plus important, des GIGA bérets à se faire pipi dessus !
Nous avons fait cette trouvaille de taille dans la boutique pour touristes de la gare du Nord. Un endroit rudement bien achalandé en cadeaux hypra raffinés, style tour Eiffel boîte à musique, danseuses de french-cancan la foufoune à l'air et j'en passe. Je n'ai jamais vu de béret aussi vaste de ma vie et en plus, comme le bord est renforcé, le couvre-chef dépasse de la tête d'au moins trente centimètres. Génial !!!!! Je dois dire que sur l'échelle de l'hilaritude, le giga béret frappe

très fort. Tout le Top Gang en a un. Vivement qu'on le mette pour aller au collège. Je vous assure qu'à côté du giga, le béret garde-manger fait carrément intégriste.

Dès qu'on a été installées, la Mère Slack a disparu dans le compartiment des profs retrouver Sublime-Henri. Je parie qu'ils sont en train d'échanger des histoires de sacs à main qu'ils ont bien connus et tant aimés. Comme de juste, on a sauté sur l'occasion pour enfiler nos nouveaux bérets. Au moment du départ, on s'est penchées par la fenêtre et tout le Top Gang a hurlé en chœur : « *Le revoir, Paris ! Nous aimer toi ! ! ! !* »

Et vous savez quoi ? Les gens sur le quai nous ont répondu en agitant la main. A vue de pif, je crois qu'ils nous criaient « *Le bon chance !* »

Le train parti, on s'est rassises pour boulotter nos crackers au fromage.

Moi à Jas :

– Dis, tu crois que le Baguette-à-Béret pense vraiment qu'on aime nos giga bérets pour de vrai ?

– A mon avis, il se dit juste qu'on est anglaises et donc, par voie de conséquence, pas tout à fait normales.

Rosie :

– Excuse-moi, mais je ne vois pas ce qui pourrait lui faire croire ça ?

Et là, je m'aperçois qu'en plus du giga sur la tête, Roro s'est collé une fausse moustache sous le nez.

Je ne vous raconte pas la marrade.

Sur le bateau du retour

Rien à signaler côté voyage. Pas étonnant, le capitaine était normal (traduire normal par : grand-briton).

Et la chips copieuse.

En apercevant les blanches falaises de Douvres, l'émotion m'a tétanisée. Je retrouve cependant très vite la motricité quand je percute que notre destination n'est pas Douvres. Et donc qu'il ne s'agit pas des falaises du même nom mais d'un tas de craie merdique appartenant à un bled inconnu.

Minuit Maison! Quand je pense avec quelle impatience ma petite famille doit m'attendre. Je remontais joyeusement l'allée quand une fusée velue a sauté du mur des Porte-à-Côté pour se jeter sur ma cheville toutes canines dehors. Le monstre bien sûr. Le félidé est joueur! Le cœur battant, j'ouvre la porte d'entrée et lance à la cantonade :

– *C'est je !* Votre fille est de retour ! Faites péter le veau gras…

Ne pouvant rivaliser de vitesse avec Angus, je laisse Super-Matou entrer en premier. Réaction immédiate et vociférante de mon Vati :

– Laisse ce foutu chat dehors ! La maison est pleine de puces ! ! ! !

Moi à Angus sur un ton sans appel :

– Angus, fais gaffe, la maison est pleine de puces. Tu ferais mieux de rester dehors.

Comme de juste, Super Dingo n'a pas capté la blague. Et pourtant, Dieu sait si je me défends au chapitre humorisité.

0h10 Libby était super contente de me voir. C'est déjà ça. La douce enfant est même sortie de son lit pour me gratifier de son célèbre « Saggut, Georgie ».

Et vous savez quoi ? Elle m'a dessiné une petite carte qui représente un groupe rock de minous. Devinez qui est le chanteur ? Angus forcément. Mais pour une raison que j'ignore, Super-Matou chante la tête en bas. Quant au public, il est composé exclusivement de petites souris accompagnées de leurs souriceaux, tous sapés disco.

Le temps que je défasse ma valise, Libby s'était rendormie dans mon lit avec tous ses « lopains ». Elle est vraiment trop choupignole quand elle dort. Tiens, je lui file un bécot pour la peine. Je me demande comment je vais faire aux States sans elle. Un peu plus et je chouinerais. Si ça se trouve, je suis en plein décalage horaire de bateau.

J'étais à deux doigts de sombrer dans les bras de ma copine Morphée quand Mutti s'invite dans ma chambre. Vu la congestion de la femme, le *vino tinto* était sûrement au menu du soir.

– Je suis drôlement contente de te retrouver, ma Gee. C'était comment la France ?

– *Le génial.*

– Tiens, c'est arrivé pour toi, me dit la mère de famille en me tendant une lettre.

Je reconnais illico l'écriture de Super-Canon ! ! ! ! ! Ouaouh et Ouaouh par le fait ! ! ! ! !

– Tu t'es bien amusée, ma chérie ?

– *Le positif et le très sportif.* Bonne nuit, Mutti.

– Est-ce que tu as vu la tour Eiffel ? C'est magique la nuit, non ? Elle était illuminée ?

Nom d'un bichon maltais ! Je sais bien que Mutti faisait la gentille Mutti et tout le toutim mais je ne rêvais que d'une chose. Ouvrir la lettre de Super-Canon.

– Écoute, Mutti. Je suis en plein décalage horaire de bateau. Je te fais un topo demain, d'accord ?

La mère de famille a caressé la joue de sa petite dernière et ensuite celle de son aînée. Moi-même, je.

– Ne grandis pas trop vite, mon cœur, m'a dit Joues-Rouges avec un début d'humidité dans l'œil.

Non mais, qu'est-ce qu'ils ont les vioques à la fin ? Ils passent leur temps à nous reprocher d'être infantiles, c'est tout juste s'il ne faudrait pas grandir à toute pompe, et quand on s'y met, c'est les grandes eaux. Faudrait savoir.

Dès que Mutti a refermé la porte de ma chambre, je me suis jetée sur la lettre de Super-Canon. Non mais, visez ce qu'il m'écrit.

Ma Georgia,

Content que tu sois rentrée, ma reine du bécot. J'ai hâte de te revoir. Je n'ai pas arrêté de penser à toi tout le week-end. Tout me plaît chez toi. Tes cheveux. Ta jolie bouche. J'adore quand tu me dis « je trace à dos de chameau véloce » à la place d'au revoir.

A mardi.

Je t'embrasse fort,

Robbie

Oh, là, là, là, là ! ! ! ! ! J'ai glissé la lettre sous mon oreiller. Ma toute première lettre d'amour.

1 h 00 Sauf si on tient compte de la prose de Mark Grosse Bouche. N'empêche quand j'avais reçu la lettre du lippu, j'ai cru qu'il l'avait écrite avec les pieds.

1 h 05 Maintenant que j'y pense, Dave la Marrade m'avait envoyé un super gentil mot après l'épisode vilain coup de crosse de hockey sur la cheville lâchement balancé par Lindsay la Nouillasse. En fait, si je réfléchis bien « je trace à dos de chameau véloce », ça vient de lui.

« Frisquet de la nouille » aussi.

Et si on va par là, idem pour le « salon du popo » à la place des « goguenots ».

SYNDROME ALLUMAGE
TAILLE COSMOS

Mardi 25 janvier

Plus épuisée tu meurs et pourtant l'œil ouvert à 8 h 15 pétantes tel le perce-oreille azimuté. La faute à qui ? A ma charmante petite sœur qui n'a rien trouvé de mieux que de me souffler du clairon dans l'oreille. Non mais, quel est le total perturbé qui lui a offert cet instrument de torture ? A part Vati, je ne vois pas.

Au collège

Ce matin, j'arbore mon béret style avec fierté (pas le giga, je n'avais pas envie de me prendre un blâme d'entrée). Je me suis fait le look Baguette-à-Béret qui consiste à porter son couvre-chef sur le côté. En passant à côté d'Œil-de-Lynx, je lui ai sorti :

– *Le bon jour, madame, je adorez ton tenue le jour d'hui.*

– Dépêchez-vous de rejoindre le rassemblement, Mlle Nicolson, et tâchez de vous comporter normalement pour une fois !

Charmant, vous ne trouvez pas ? C'est bien la peine d'essayer d'introduire un zeste d'humorisité mâtiné d'un soupçon de beauté dans ce monde de ténèbres si c'est pour être remerciée comme ça. On allait dépasser la cabane d'Elvis à reculons avec Jasounette quand j'avise un truc dément qui m'oblige à filer un méchant coup de coude à la copine, assorti de cette remarque :

– T'as vu ça ? Elvis a une sonnette ! ! ! ! ! On atteint les confins du lamentable là, non ?

Je ne vous mens pas. La preuve, le gardien de collège a même écrit au-dessus du bouton : « Sonnez pour le gardien ». Hahaahhahahahahahaha.

Rassemblement

Vu la tente pour famille nombreuse que la Mère Fil-de-Fer arbore aujourd'hui en guise de robe, il y a fort à parier qu'elle soit en top forme au rayon gras-double. On était encore très d'humeur Baguette-à-Béret avec le Top Gang. Style à se lancer des « *Le bon jour* » agrémentés de signes de têtes et de haussements d'épaules en *le grand quantité,* comme il se doit.

Mais Fil-de-Fer a mis fin à notre enthousiasme francophile en criant :

– Taisez-vous immédiatement, mesdemoiselles ! Et cessez de traîner des pieds comme des poulets sans têtes. J'ai quelque chose de très grave à vous annoncer. L'établissement dans son entier vient d'être éclaboussé par le comportement abject de quelques mauvais sujets. Des élèves de notre collège se sont rendues coupables de délits et j'entends les punir de manière extrêmement sévère pour l'exemple !

Je ne vous raconte pas les échanges de regards éberlués entre membres du Top Gang. Par les pantoufles de notre Seigneur, qu'est-ce qu'on avait encore fait ? Ça ne serait pas la mère Slack par hasard qui aurait bavé sur notre compte rapport à l'épisode Quasimodo et au désastre drapeau Baguette-à-Béret des fois ?

Œil-de-Lynx ne nous a pas quittées de ses yeux de fouine durant toute notre conférence muette. Fil-de-Fer a repris son discours :

– Deux de vos camarades ont été arrêtées pour vol à la tire et elles vont être inculpées.

Tout le monde est parti d'un « Yessssssss ! » (méga intérieur). Pas dommage et pas trop tôt, le règne de terreur des sœurs Craignos avait pris fin. Yessss ! ! ! ! !

Le seul tibia dans le tapioca, c'est qu'au même moment je voyais lesdites sœurs Craignos pile en face de moi, plus fond de teintées et pustulées que jamais... et pas embêtées pour un rond.

– Ces deux élèves sont Monica Dickens et Pamela Green que j'ai exclues du collège à partir d'aujour-d'hui. J'ose espérer que cette sanction fera comprendre à chacune d'entre vous qu'on ne peut commettre un délit sans être puni.

La nouvelle nous a carrément scié les coudes. Je n'arrêtais pas de répéter aux autres :

– L'abjecte Pamela Green et Monica la Confondante en train de piquer ? Cherchez l'erreur.

Jools :

– Déjà que l'abjecte a du mal à voir le bout de son nez, elle doit être carrément nulle au rayon vol. Ou alors, elle demande aux vendeuses de lui montrer les trucs à piquer.

Pas faux.

Dingue de penser que derrière les culs de bouteille de l'abjecte se cachait une criminelle hors pair.

Moi :

– Et qu'est-ce que tu fais de MC ? Elle s'est pointée au cours de danse en socquettes. Tu ne vas pas me dire que c'est une tenue pour piquer dans les magasins ?

Récré

Planquées sous nos manteaux, on commente l'actualité du jour derrière le gymnase.

Rosie :

– J'y crois pas au duo mortel l'Abjecte-la Consternante.

Moi :

– Dis, Roro, tu te souviens la fois où la Consternante est allée trouver la Mère Stamp pour lui raconter qu'elle ne s'était pas douchée une seule fois après le hockey le trimestre dernier alors que personne ne s'en était aperçu ? Pas même Adolfa. De toutes les façons, tortionnaire en chef n'avait pas percuté non plus que la Consternante n'avait jamais mis les pieds au hockey. Pour moi, la fille qui va blablater un truc que personne ne lui demande n'est pas à proprement parler un génie du crime. Mais plutôt une totale demeurée. Ce qu'elle est au demeurant.

Jas :

– Quand je pense que je n'ai pas toujours été super gentille avec elles… Si on allait leur rendre visite en prison ? On pourrait leur apporter des trucs, style qu'on aurait tricotés nous-mêmes. Ou des oranges, tiens.

Moi :

– Je te ferais remarquer, ma petite vieille, que les deux bigleuses ne sont pas impliquées dans une lutte intestinale. Inutile donc de leur tricoter un passe-montagne. Elles n'iront pas en prison.

Mais impossible d'arrêter le délire de Miss Frangette.

– Excuse-moi, mais Fil-de-Fer a quand même dit qu'elles étaient exclues et que c'étaient des mauvais sujets et que ainsi de suite et…

Moi :

– Je peux t'interrompre une seconde, Jasounette ?

– Quoi ?

– Ferme-la !

– Ben, je…

– Jas, je t'ai dit de fermer ton clapet, pas de continuer à débiter des sornettes.

– Mais…

Ce dialogue de sourdes aurait pu durer deux trois siècles encore si nous n'avions été brutalement interrompues par l'arrivée des sœurs Craignos dans le coin.

Jackie :

– Tirez-vous les pisseuses. On veut se griller une clope et vous êtes assises dans notre cendrier.

Jools (plutôt téméraire quoique assez stupide par le fait) :

– Ben, c'est juste que de la terre… et la terre, elle est à tout le monde. Alors, c'est pas votre…

Alison s'est suspendue vite fait à la perruque de Jools.

– Je te dis que vous êtes dans notre cendrier. Alors dégage ! ! !

On a ramassé nos affaires en grommelant à qui mieux mieux. Je les hais. Je les hais. Les deux affreuses ont allumé leur clope et Jackie a fait :

– Très regrettable que le collège soit infesté de voyoutes, non ?

Moi dans un accès d'idiotie caractérisé :

– Ben, pourquoi vous partez pas, alors ?

Jackie :

– Fais gaffe, Gros Tarin. Tu vas te prendre un pain et je te garantis que ça fait pas du bien.

Après quoi, l'empustulée a fait exprès de faire tomber sa cendre de cigarette sur ma tête et elle a eu le culot de me sortir :

– Oh, pardon !

Obligée de me laver les cheveux dans les goguenots *mit* séchage la tête en bas sous le sèche-mains. Encore heureux que j'ai eu mon gel méga fixant dans mon sac, sinon j'étais bonne pour la coiffure pétard.

Maths

Ça fait vraiment bizarre de ne plus voir la tête de l'abjecte dodeliner au premier rang.

Rosie :

– Elle me manque à mort. Je ne vois pas l'intérêt de tirer des élastiques si j'ai pas de cible.

C'est tout Rosie, ça. La bonté même.

De toutes les manières, je n'ai plus de temps à consacrer aux autres. Il faut que je pense à moi maintenant. Plus que deux heures avant de retrouver mon Super-Canon. Deux heures de sciences nat que je compte bien consacrer à du vernissage d'ongles et à de la pose de fond de teint, voire de mascara. A condition bien sûr que la prof ne me demande pas de faire un truc dégueu à base d'hydre, et que j'arrive à me planquer derrière ma chaise.

Sciences nat

J'ai trouvé une blague scientifico-naturelle *le très riant* (pas aisé pourtant). Je la fais partager au Top Gang par l'entremise d'un mot que voici que voilà : « *A partir de tout de suite là maintenant, tétanos signifie tête à noce !* »

Les copines m'ont manifesté leur reçu cinq sur cinq par un de leurs célèbres regards ultra convergents.

Au fait, je viens de nouer une nouvelle amitié velue (non, il ne s'agit pas de Jas). Mais d'un souriceau au vinaigre. Le labo de sciences nat est bourré de trucs immondes conservés en bocaux comme des cornichons. Ce n'est pas le cas de mon copain souriceau qui est tout ce qu'il y a de chouquet. D'ailleurs, j'ai bien l'impression qu'il est en train de me passer le bonjour. Sans blague, il a la patte levée.

Tiens, je lui retourne la pareille. Pas impossible que je l'appelle Chorizo. Chorizo, le souriceau.

Dernière sonnerie
Dans les goguenots

Mucho excitemondo. Je ne vous raconte pas l'état. J'avais la méga tremblote en mettant mon ombre à paupières. J'ai même failli me coller de la paillette attractive sur toute la bobine, ce qui ne constitue pas à proprement parler un plus sur le plan séduction. Miss Frangette m'accompagnait pendant mes préparatifs. Bon d'accord, je l'ai un peu forcée.

– Au fait, Jasounette, c'est quoi tes projets ce soir pendant que je serai dans les bras de mon Super-Canon ?

Miss Culotte méga couvrante était en train de s'admirer de côté dans la glace, le derrière posé sur un lavabo.

– Tu ne trouves pas que j'ai des jolies joues, Gee ?

– Pas jolies, renversantes ! Une de chaque côté du nez. L'idéal, quoi.

Effarant, elle m'a crue sur parole.

– Tom travaille sur son projet irrigation, et moi je fais mon devoir d'allemand. Je te signale qu'on le rend demain. Tu ferais bien de t'y mettre aussi. Sinon Herr Kamyer va se taper le spasme de l'enfer.

– Comme je te l'ai déjà dit maintes fois, *mon petit compagnonne...* il ne faut jamais remettre au lendemain ce qu'on peut ne pas faire du tout.

Jas était toujours perdue dans la contemplation admirative de ses joues.

– Tu dis ça maintenant, Gee. Mais une supposition que tu ailles en Allemagne, tu feras comment pour demander des trucs ?

– J'ai pas l'intention d'aller en Germanie.

– On sait jamais.

– Je te dis que non.

Ma réplique lui a cloué le bec.

– Oui, mais si jamais t'étais obligée d'y aller.

– Je vois pas pourquoi. Je peux pas piffrer le chou au vinaigre.

– Oui, mais une supposition que Robbie soit forcé d'aller à Frankfort pour un concert ? Tu te sentirais méchamment *dumschnitzel* par le fait.

Coincée, je suis.

16 h 20 Traversée de la cour jusqu'à la grille cachée derrière Jasounette. Merci bien, je n'avais pas envie de me faire repérer par les *Oberführers* de service au rayon maquillage.

Depuis l'affaire vol à la tire, le corps enseignant *mit* les surveillantes sont carrément sur les canines. La Mère Stamp est allée jusqu'à virer Melanie Andrews du cours de gym sous prétexte que Gros-Flotteurs n'avait pas d'étiquette à son nom sur son short ! Merci bien, je ne veux surtout pas connaître les circonstances qui ont permis à Adolfa de faire cette découverte.

Arrivées près de la cabane d'Elvis, qui on avise avec Jasounette ? Rosie, Jools et Ellen en train de commettre un délit de non-intention. Forcément, il y a eu regroupement. De loin, je voyais Super-Canon mollement appuyé contre la grille. Ouaouh !!!! Même à cette distance je sentais les vibrations super-canonesques qu'il envoyait dans l'atmosphère, et pourtant j'étais à côté de la sonnette du gardien de collège. C'est vous dire. Quand tout à coup, je m'aperçois que Super-Canon n'est pas seul. Non, il est en grande converse avec Tom, Dave la Marrade et Rollo!!!!! Sous le choc, j'ai cru qu'Ellen, Jas et Jools allaient faire une crise d'apoplexie. Imaginez un peu, elles n'étaient pas maquillées!!!! Ellen avait même gardé son béret par erreur et par flemme d'ouvrir son sac à dos. Pinponpin!!!!!!

Toute-Crétine s'est littéralement arraché le béret de la tête en couinant :

– OhmonDieumonDieumonDieu, mais qu'est-ce que je vais faire ?

Au final, on a décrété un plan d'urgence qui consistait à ériger un rempart de nos corps avec Rosie pour permettre à Ellen, Jas et Jools de procéder au raccord brillant de circonstance et à la retournure de jupe indispensable. Pendant que les copines remédiaient au désastre, on faisait les filles qui s'échangeaient des bouquins avec Roro. Le tout en riant de façon atrocement séduisante. Genre, comme si on ne se rendait absolument pas compte qu'on avait trois copines accroupies à nos basques. A un moment, Miss Frangette a demandé à ma cheville gauche :

– Qu'est-ce qu'ils font ? Tu crois qu'ils nous voient ?

Moi :

– Ils discutent.

Rosie :

– Vous êtes prêtes les filles ? Dans une minute, on fait comme si on venait juste de s'apercevoir qu'ils étaient là.

Au signal, les copines ont bondi tels les cabris et on s'est rendues de conserve à la grille, style atrocement décontractées (et brillantées).

Robbie était tout simplement trop. Il m'a fait le sourire qui tue assorti d'un je-me-repousse-les-cheveux-en-arrière.

– Salut, Gee.

Forcément, je suis partie en flèche chez Azimutland. Déjà que je me surpasse au rayon n'importe quoi quand on n'est que tous les deux, alors en présence des autres et surtout de Dave la Marrade, je tourne ni plus ni moins Herr Kamyer en jupe (traduire par totale demeurée).

N'empêche, au point de vue azimutage, Toute-Crétine m'a battue à plate couture. A un moment, j'ai même cru qu'elle allait se fendre d'une petite danse Loch-Ness-et-Monstre-du à force de sauter de-ci et surtout de-là. Quant à Jasounette, elle était en train de battre son propre record personnel du fard *mit* sourire niais. Tout ça parce que son Tom lui faisait des gouzi-gouzi dans le cou. Je me demande comment font les garçons pour ne pas criser. Nos chéris avaient l'air de prendre ça plutôt relax. Note, je n'ai pas pu m'empêcher de remarquer (même si je n'en ai rien à battre) que Dave la Marrade a fait un poutou sur la joue d'Ellen pour lui dire bonjour. Mais pas de gouzi-gouzi en vue. A la place, il m'a regardée droit dans les yeux.

Un regard qui disait style : « Salut, petite cochonne à cucul rose, comme on se retrouve ! »

Dans ma chambre

21 h 00 Après-midi trop génial avec mon Super-Canon. J'ai trouvé douze mille excuses pour entrer dans les premières boutiques venues, histoire de me faire voir des populations locales en sa compagnie. Je ne vous raconte pas le nombre de gens que j'ai salués. Dans le tas, il y en avait un paquet que je connaissais à peine de vision. Pour vous dire, j'ai même passé le bonjour au Père Porte-en-Face. Il sortait du magasin pour zanimaux avec deux tonnes de litière pour petits minous dans les bras. Mon urbanité a tellement sidéré le voisin irascible qu'il a failli en perdre le popotin. Au bout d'un moment, Robbie m'a fait :

– Les magasins, c'est fini. L'heure du bécot a sonné.

Excellente séance bécots près du champ de courses.

Pour ne rien vous cacher, j'ai la lèvre méchamment épuisée. Je ferais peut-être mieux de la coucher tôt.

Minuit C'est bien la première fois, mais je me demande si Jasounette n'a pas raison. Si ça se trouve, l'abjecte P. Green va finir en prison pour vilaines. Comme dans *Cell Block H*, la série australienne qui se passe dans une prison pour femmes. Style à se faire ramponner par des sados tous les matins. Remarque, ça ne la changera pas beaucoup du collège.

Tais-toi, cerveau.

Je me fais toujours trop de mouron pour les autres. Par moments, je me fais vachement penser à notre Seigneur Jésus-Christ. Version glabre.

Mercredi 26 janvier

Au collège

Brusque accès de « Tout schuss sur le disco » en allant en cours de dessin. On était en pleine expression corporelle avec le Top Gang quand on a manqué la collision violente dans le couloir avec l'abjecte Pamela Green Senior. Elle entrait dans le bureau de la Mère Fil-de-Fer avec méchante activité au plan lacrymal.

Oh, *caca*.

143

Récré

Planquées dans le placard de hockey bourré de crosses du même nom. Je reconnais que ce n'est pas très confo mais au moins là on ne risque pas l'engelure.

En train de relater aux copines ma converse avec Kate Richardson. Elle m'a raconté que Jackie Craignos avait dix manteaux en cuir de toutes les couleurs ! A ce qu'il paraît, l'empustulée frimerait partout en disant qu'avec sa consœur clopeuse, elles ont obligé l'abjecte et Monica la Consternante à piquer des trucs pour elles dans les magasins ! On se croirait dans *Oliver Twist*. A moins que ce soit *David Copperfield*, je n'en sais trop rien. Enfin bref, dans une de ces histoires atrocement déprimantes où il est question de minuscules orphelins manipulés par un certain Fagin. Voilà comment les Craignos s'y seraient prises avec les deux bigleuses. Elles leur ont foutu tellement les jetons que les deux pauvres choses ont accepté de dépouiller des boutiques de cuir en planquant leurs forfaits sous leur manteau. Ensuite, les Craignos n'avaient plus qu'à récupérer la marchandise à la sortie. Et voilà. Vous savez de quoi elles ont menacé les bigleuses si elles ne leur rapportaient pas six manteaux chacune ? De faire un truc vraiment immonde aux hamsters de l'abjecte ! Elles auraient même filé à leurs esclaves l'ouvre-boîte qui permet d'enlever le bidule de sécurité sur les vêtements. Cette dernière information fait sursauter Rosie.

– Ben, alors pourquoi elles se sont fait prendre ?
Moi :
– Parce que l'abjecte P. Green a voulu piquer les six manteaux d'un coup. Elle les avait enfilés les uns sur

les autres et quand elle a voulu sortir de la boutique, elle est restée coincée dans le tourniquet.

1h00 Côté bonne nouvelle. Mutti m'a promis une nouvelle paire de bottes ! J'ai l'intention de les mettre au concert de mon fiancé samedi prochain au Bouddha Bar.

1h10 Ah, bon ? Je ne vous ai pas dit qu'il y avait concert samedi au Bouddha Bar avec mon fiancé ? Et par voie de conséquence une nouvelle occasion de m'affirmer publiquement en tant que copine d'un Super-Canon ? Oh, oh.

Jeudi 27 janvier

Allemand

Herr Kamyer est en train de nous bassiner avec l'histoire de la famille Müller qui farcit notre livre d'allemand. A en croire cette passionnante saga, le fils Klaus serait un fondu de camping. A chaque fois qu'il en fait, il sort son *kocher*. D'ailleurs c'est avec son *kocher* qu'il *koch* son *spanferkel* (cochon de lait). Et comme si ça n'était pas suffisant comme pensum, Miss Frangette ne fait rien qu'à m'énerver en cochant le test du dernier *Cosmo*. En plus, il est nul. Pas du tout le genre intéressant qui permet de connaître son type de peau ou de savoir où on se situe sur l'échelle du sexe-à-piles. Non, dans celui-là, on apprend à quelle horloge biologique, on est mangé !!! Style, s'il faut se coucher tard et se lever tard ou bien se lever tôt et se coucher tôt.

Je me demande bien qui ça peut intéresser. Jas, en l'occurrence. Visez le mot qu'elle m'a envoyé :

Comme j'aime bien me lever tôt, je suis plutôt Alouette comme fille. Et comme Tom est pareil que moi, il est Alouette aussi. Et pas Chouette par le fait. Et vu qu'on serait Alouette tous les deux, ça veut dire qu'on est vachement faits l'un pour l'autre. A ce propos, tu sais comment on dit « alouette » en germain ?

Réponse de Georgia : *Alouetten.* C'est dingue, elle ne me croit même pas.

Résultat des courses, j'ai fini par me jeter sur le foutu test. Sans blague, il avait commencé à s'insinuer dans mon cerveau. Je suis hyper sensible comme fille. Les gens devraient faire attention à ne pas m'embêter avec n'importe quel sujet. Je vous donne un exemple parmi des milliers. Quand on a étudié *L'Île au trésor* en classe, j'ai été atteinte de claudication sur-le-champ. Bref, d'après le test, je serais plutôt Chouette Raisonnable comme genre. Profitant de l'interruption entre maths et allemand, je sors à Jas :

— Conclusion, même si je préfère me coucher tard et me lever tard, ça ne veut pas dire pour autant que je raffole du mulot.

— Maintenant que tu me le dis, je te trouve l'œil un rien exorbité. Style enchouetté.

— Et c'est là que la petite Alouette se prend un coup de boule de la Chouette Raisonnable.

Aussitôt dit, aussitôt exécuté, je file un grand coup de blouse de sciences sur la petite tête de Miss Frangette. Et je comptais bien ne pas m'arrêter en si bon chemin quand Alouette m'a suppliée de mettre fin au supplice. Elle avait trop la trouille qu'avec l'abus de pains sa frange tourne la folle. Vous pensez bien que je ne voulais imposer ça à personne.

Récré

J'ai été nommée capitaine de l'équipe de hockey ! ! ! ! ! Honnêtement, à ce train-là je vais finir citoyenne normale. Si ça se trouve, je vais même faire du bénévolat chez les très vieux siphonnés ! Euh... non. On oublie ça. Je viens juste d'avoir souvenance d'un truc qui m'est arrivé la dernière fois que je suis allée rendre visite à Grand-Père. Figurez-vous que je fouillais sans le faire exprès dans le tiroir secret où il range ses sous, histoire de dégotter deux trois biffetons pour mes dépenses de survie. Style chewing-gum. Enfin, vous voyez, quoi. Sauf que l'aïeul avait piégé son coffre-fort. Je n'avais pas plutôt ouvert le tiroir que son dentier (qu'il avait sournoisement placé à l'intérieur) s'est refermé telle la guillotine avec un claquement ultra retentissant.

Le tricentenaire a beau être sourd, enfin c'est ce qu'il prétend, il a reconnu le doux bruit de son râtelier du fin fond du jardin. Mort de rire, le très vioque. J'ai même cru que j'allais être forcée d'appeler les urgences. Finalement, j'y ai renoncé. A la place, je lui ai caché sa pipe.

Mais revenons à nos poulets. J'en étais donc à mon triomphe sur le terrain de hockey. Je préfère vous dire qu'à l'annonce de la Mère Stamp, le Top Gang a aussitôt fêté ma nomination avec « un tout schuss sur le disco ». L'euphorie a été de brève durée, Adolfa demandant aux copines de se reprendre et de filer fissa vinaigre sous la douche. Forcément, ça refroidit.

On venait juste de se rhabiller pour aller en cours d'anglais quand la Mère Stamp me prend à part.

– Georgia, je pense que vous avez l'étoffe d'un bon capitaine. Alors faites en sorte que votre conduite soit à la hauteur de vos qualités de hockeyeuse.

Je ne voyais pas du tout de quoi l'experte en haltères m'entretenait. Du coup, j'ai demandé à Rosie :

– Est-ce que par hasard Adolfa insinuerait que j'ai une déficience au niveau maturosité ?

– Ben, j'en sais rien... mais... tout schuss sur le disco !!!!!

Nous donnions libre cours à notre trop plein de disco sur le terrain de sport lorsqu'apparaît soudain dans notre champ de vision le roi des gardiens de collège, j'ai nommé Elvis Attwood, dans toute la splendeur de sa blouse. Ça n'a pas loupé, l'extra siphonné nous a crié :

– Non mais, qu'est-ce que vous avez encore inventé cette fois ? C'est quoi cette agitation stupide ? On dirait des chèvres folles.

J'ai eu beau m'appliquer pour essayer de faire comprendre au très vieux détraqué qu'on était en top forme de fille. Rien n'y a fait, il a continué à marmonner dans sa barbe. Une déclaration au Top Gang s'imposait.

– En tant que capitaine de hockey, il n'est pas impossible que j'assigne l'Elvis à sonnette à résidence dans sa cabane.

A la maison

19 h 00 Je n'avais pas mis un pied dans le salon que Vati me sortait un truc désopilant :

– Tu sais quoi, Gee ? J'ai l'intention d'aller à la gym trois fois par semaine, histoire d'être en forme pour les matchs avec les potes.

Prouesse de ma part, je ne me tords pas de rire. Mais voilà que le père de famille me fait un relevé de buste sous le pif. Nom d'un chien chinois à crête !

Je m'enfuis à la cuisine me dégotter un truc comestible. Miam, miam ! Un yaourt non moisi ! Je précise que Mutti ne prend pas son rôle de nourrice très à cœur. Trop dommage, chaque fois que je m'en plains, elle me sort un truc proprement ridicule, style : « Je travaille toute la journée. Tu pourrais peut-être faire quelque chose dans la maison, non ? »

Retour dans le salon où je trouve le champion de foot vautré sur le canapé devant la télé !

Moi :

– Au fait, père, tu comptabilises combien d'abdos au compteur ?

– Écoute, ma chérie, je crois que la précipitation est une erreur.

– Dois-je en conclure que tu t'es arrêté à l'unité ?

Pas de réponse. L'homme fait le type captivé par une émission sur le jardinage. A d'autres.

19 h 30 Mutti est rentrée de son cours d'aérobic proprement cramoisie et genre perchée sur un petit nuage. Quand elle a aperçu Vati dans ses œuvres télévisuelles, elle lui a fait :

– Ne te lève surtout pas Bob. Je ne voudrais pas que tu te fatigues.

Si j'en crois mon auriculaire, elle se payait la tête du footophile. J'ai filé le train de la mère de famille jusqu'à la cuisine dans le secret espoir qu'elle sorte des victuailles de son justaucorps. Bonne pioche ! Effectivement, Mutti avait remisé par-devers elle une boîte de haricots à la tomate sur laquelle nous nous sommes jetées toutes les deux.

Moi :

– Chez nous, c'est comme au *gai Paris*. Ou presque.

Miss Fitness ne m'écoutait pas. Elle se rajustait le soutif en continuant à faire la toute rouge. Et puis d'un coup, elle me lâche :

– On s'est bien marrées aujourd'hui avec Prue et Sandy. Elles sont allées dans un bar pour célibataires l'autre soir. Et tiens-toi bien, elles sont sorties avec des marins russes ! Celui de Sandy s'appelait Ivan. Tout ce qu'il savait dire, c'est *niet,* mais d'après elle il embrassait comme un dieu.

Regard outré de moi-même.

– Mutti, c'est révoltant.

– Pourquoi ?

– Ben, parce que Sandy est mère de famille.

– Oui, mais elle n'a plus de mari. Elle est à nouveau célibataire. Enfants ou pas enfants. Et Prue aussi.

– Je sais, mais…

Entre parenthèses, Prue, c'est elle qui a quitté son mari.

– Parce que d'après toi, ma Gee, toutes les femmes de plus de vingt-cinq ans devraient rester chez elle, c'est ça ?

– Exactement.

– Ne sois pas ridicule.

– Je ne suis pas ridicule.

– Alors, tu es drôlement prude pour une ado.

Dans ma petite tête, je me disais : « Ah, tu trouves que je suis prude, c'est ça ? Je te garantis que tu ne dirais pas la même chose si tu savais le nombre de lordillons de mèvres auxquels j'ai eu droit. C'est bien simple, j'ai été pratiquement boulottée vivante par les garçons ! ! ! ! » Mais j'ai jugé plus prudent de garder cette réflexion par-devers mon for intérieur.

20 h 30 Dans mon bain, en train de faire le bilan de ma vie de copine d'un Super-Canon doublée de celle d'un capitaine de hockey trop génial.

Au fait, est-ce que quelqu'un peut me dire au juste pourquoi le nunga-nunga flotte ? *Qu'est-ce que le point* du nunga-nunga flotteur ? Si ça se trouve le nunga-nunga de la femme de Cro-Magnonne lui servait de gilet de sauvetage par temps d'inondation. Mais dans ce cas, pourquoi en a-t-elle eu cure de l'arche de Noé ? C'est vrai ça, la Mère Noé et ses copines auraient pu flotter gentiment et laisser leur place sur l'arche.

J'en étais là de cette réflexion puissante quand des éclats de voix me sont parvenus par-delà mon bain moussant. Ça n'a pas loupé. Au bout de cinq minutes, Libby s'y est mise :

– Dispute ! Dispute !

En bas, Vati s'époumonait :

– Mais non ce n'est pas vrai que je passe mon temps devant la télé... Et quand bien même je le ferais, quel mal y a-t-il ?

Réponse de Mutti :

– C'est assommant. Voilà ce qu'il y a !

– Qu'est-ce que tu fais de ton aérobic à ce compte-là ? Allez vas-y, dis-moi combien de fois tu as remué du popotin en musique ce soir ?

– Tu n'es qu'un cochon assommant ! ! ! !

Forcément, ma petite sœur adorée a renchéri :

– Vilain cochon, vilain cochon ! ! ! !

Foutu *sacré bleu !* Pas impossible que je tourne orpheline sous peu. Note que...

Vendredi 28 janvier

Petit déj'

Si les ancêtres persistent dans leur volonté de ne plus s'adresser la parole, je sens que je vais sombrer dans la totale démence. Non mais, comment voulez-vous que je grandisse si le comportement des soi-disant grandes personnes m'oblige à être plus grande qu'eux, hein ? Jugez vous-mêmes.

Mutti :

– Gee, tu peux demander à ton père s'il aurait l'amabilité de garder sa fille Libby demain soir ? J'ai un impondérable.

Nom d'un colley barbu ! Voilà qu'il faut que je fasse l'interprète pour Vati alors qu'il se taquine la barbichette à deux centimètres à peine de Mutti.

– Vati, est-ce que tu veux bien garder Libby demain soir, entre parenthèses pile le jour où j'ai un impondérable moi-même, parce qu'il semblerait que Mutti ait aussi un impondérable impondérable.

Le père de famille a viré macho empourpré.

– Conneries !

Moi :

– Mutti, père a dit que c'était des conneries.

Vati :

– Combien de fois je t'ai dit de ne pas jurer ? Bordel de merde !

Moi :

– Il a dit combien de fois je t'ai dit de ne pas jurer ? Bordel de merde !

Vati :

– Ne sois pas si…

Voyant que l'embarbé ne finissait pas sa phrase, je l'ai gentiment encouragé du regard et j'ai fait suivre à Mutti :

– Il a dit ne sois pas si…

Mais va savoir pourquoi, l'homme est sorti de la cuisine en trombe et en claquant la porte.

Mutti :

– Ton père est infantile.

La femme prêche une convaincue. Sauf que je

trouve ça un rien gonflé de sa part vu que pas plus tard que tout de suite la mère de famille arbore un T-shirt « ALLEZ LES FILLES ! » et des mules en plumes de bête.

Samedi 29 janvier

Debout à 8 h 00 tapantes en vue de préparatifs pré-concert.

Je n'étais pas seule à m'être réveillée aux aurores. Mon Vati de père était déjà sur le pont à faire l'homme, tout de short de foot grotesque vêtu. Mutti l'ignorait toujours.

Moi :

– Salut, père. Si ça se trouve, c'est la dernière fois que je te vois pourvu de tous tes abattis.

L'homme m'a gratouillé le dessous du menton (je vous demande un peu) avec ce commentaire :

– Je suis en super forme, ma Georgia. Ils vont voir ce qu'ils vont voir en face.

Après quoi, le père de famille est sorti genre comme s'il se prenait pour David Beckham. Ce que je crains.

Moi :

– Dis Mutti, tu ne trouves pas que David Beckham et Vati, c'est du pareil au même ? Sauf que chez nous, le footballeur est un rien plus enrobé, gravement embarbé et carrément nul au foot.

Tout ce que j'ai obtenu comme réponse c'est un *tss tss tss* doublé d'un rajustement de soutif dont cette femme a le secret.

 Sur qui tombe-je en sortant négligemment de la salle de bains enroulée dans une serviette (moi, pas la salle de bains) ? Mutti qui entreprend de m'examiner sous toutes les coutures. Style inspection globale de moi-même. Ne me dites pas qu'elle devinait que je lui avais emprunté une pauvre noisette de sa crème pour le corps dont je n'ai absolument pas le droit de me servir !

Moi :

– Qu'est-ce qu'il y a ?

– Je trouve tes coudes très pointus.

C'est quoi ce délire ? Le coude pointu ? On aura tout vu.

– Qu'est-ce que tu me chantes, Mutti ?

Tout en me pitrougnant le coude, la championne du rajustement de soutif me fait :

– Mais enfin, Gee, je ne suis pas folle. Ils pointent, non ? C'est la première fois que ça me saute aux yeux. Compare avec les miens. Tu vois bien qu'ils ne sont pas pareils. Tu ne te serais pas démis le coude au hockey des fois ?

Démis le coude ? Je fonce dans ma piaule vérifier devant la glace. Plus normal comme coude tu meurs. Bon d'accord, un rien pointu.

Coup de bigo à Jasounette :

– Au fait, Jas, tu dirais que j'ai le coude pointu ou pas ?

Comme de juste, Miss Frangette était en train de mâchouiller quelque chose. Sa frange. Sinon, je ne vois pas.

– Maintenant que tu me le dis, Gee. Effectivement, tu as toujours eu le coude pas très franc du collier.

Encore merci, docteur. De toutes les manières, cette fille est tellement concentrée sur sa petite personne qu'elle ne risque pas de s'intéresser à mes coudes. Elle n'a pas arrêté de me bassiner avec un club des Pies auquel elle se serait inscrite avec son Craquos. Et je vous jure que l'enfrangée ne blaguait pas. C'est sûr que question pie, elle s'y connaît. C'est simple, Jas, c'est la fille qui jacasse à tout bout de pré. Mais de là à ce qu'il y ait des clubs de jacasseuses, première nouvelle !

Dans ma chambre

Midi Enfin mon petit quart d'heure perso relaxant. J'explique. Masque de beauté sur les yeux et super musique dans les oreilles. D'après les gazouillis que j'entends, il semblerait que ma petite sœur chérie soit en train de fabriquer des cache-oreilles à petits minous avec du coton. Ou autre chose, va savoir.

13 h 30 Intrusion de mère dans chambre en état de crise de nerfs avancée (Mutti, pas la chambre). Oui, bon d'accord, en fait de coton, Libby s'est approvisionnée en matière première pour cache-oreilles de minous dans la boîte de tampons de Mutti pas encore entamée. La mère de famille est sortie de ma chambre avec la fumée qui lui sortait des naseaux et les deux tampons rescapés. Tout ça c'était de ma faute. D'après elle, je serais soi-disant la pire des égoïstes. Et vous savez pourquoi ? Parce que je n'ai pas fait attention à ce que traficotait Libby ! Je ne pouvais pas laisser passer ça :

– Je te ferais dire, Mutti, que c'est carrément mission impossible de voir quelque chose avec des sachets de thé sur les yeux !!!!!!

Retour en trombe de Mutti dans ma chambre pour récupérer sa petite dernière qu'elle projette de plonger dans un bain.

– Écoute, Gee, je crois qu'il faudrait vraiment te faire examiner les coudes par quelqu'un.

Non mais, qu'est-ce qu'elle a ? Me faire examiner les coudes par qui au juste ? Un coudologue ?

Sur le plan hilaritude. Je viens de regarder dans le dico comment on disait « coude » en espagnol. Ça se dit *codo* !

Et, contrairement à ce qu'on pourrait penser, *peto* ne désigne pas une activité dans laquelle ma petite sœur excelle, mais... un brochet de mer ! Il faut se rendre à l'évidence, j'ai carrément le don de la langue.

18 h 30 *Mucho excitemondo* et jambes de poulpe à tous les étages. En total look noir, je suis carrément irrésistible. Et ce soir, inauguration de mes nouvelles bottes trop classe !

19 h 00 Je retrouve le Top Gang au même endroit que d'hab' et on part illico de concert au concert. Je ne vous raconte pas le falzar que le bûcheron norvégien a revêtu pour l'occasion. Il a des petites ampoules tout le long des coutures jusqu'en bas (le fute, pas Sven). Et pour allumer la guirlande de Noël de fute, il suffit juste d'appuyer sur une pile. Le rennophile est gravement atteint. Et carrément au-dessus des normales saisonnières question taille.

En arrivant devant le Bouddha Bar, le Lapon a fait au videur :

– Salut, vieux. Je m'appelle Sven et je te présente mes poulettes. Laisse-nous entrer, mon fute a envie de bouger.

Dingue, mais Rosie n'a pas du tout eu honte de la sortie de son costaud.

Une fois dans le bar, on s'est toutes précipitées aux goguenots comme une seule femme. Ellen était furieusement azimutée (ça ne change pas beaucoup), style haricot sauteur dans un état troisième.

Toute-Crétine n'arrêtait pas de répéter en boucle :
– Je ne vous dis pas comment j'aime Dave.
Tout le Top Gang en chœur :
– On sait !!!!
– Enfin, je veux dire. Je l'aime comme une folle.
– ON SAIT !!!!!!!!

De retour dans le bar, il a fallu méchamment jouer des mandibules pour fendre la foule. On s'est vite dégotté un petit coin tranquille avec vue imprenable sur l'assemblée et on l'a élu Q.G. du Top Gang. Tous les garçons de la bande étaient agglutinés au bar, Dave la M. (ho, ho, très jolie la chemise), Rollo, Tom plus d'autres gus de leurs accointances. Oh, mais je ne l'avais pas vu celui-là ! Mark Grosse Bouche est de la partie. Et comme un malheur n'arrive jamais seul, il est venu accompagné des gros bras qui lui servent de poteaux. C'est la première fois que je le croise depuis l'épisode de la cabine téléphonique *mit* clin d'œil dégueu. Et juste là tout de suite, il est en train de me regarder fixement le nunga-nunga en se passant la langue sur ses excroissances lippues ! C'est trop écœurant !!! Je plains à mort sa pauvre copine naine. Ce qu'il y a de bien au moins au chapitre mes nunga-nungas personnels, c'est qu'ils sont hyper calés dans leur soutif de Noël. Mutti m'a sorti l'autre jour qu'elle avait choisi le modèle exprès rapport à son soutien maxi.

Trêve de nunga-nungas, les Stiff Dylans font leur entrée sur scène ! Alerte ! Alerte ! Totale folie dans le bar. Super-Canon a balayé la foule du regard. Et pof, il a pilé sur moi (comme un fait exprès juste au moment où je rejetais les cheveux en arrière par inadvertance avec un max de sophistication). Choupi-Trognon m'a fait le sourire qui tue et… il m'a envoyé un bécot. Yessss !!!! Devant tout le monde. Yessss et *le extra !*

Totale éclate sur la piste de danse. Et super marrade toute la soirée. Je vous l'ai peut-être déjà dit mais tant pis, je me répète, Dave la Marrade est… euh… vraiment la marrade par le fait. Et pour couronner le tout, le garçon danse trop bien. Toute-Crétine n'étant pas très portée sur l'expression corporelle, il profite de son absence (énième retouche aux goguenots) pour m'inviter à danser la conga sur « Oh, non ! C'est encore moi ! » Un morceau composé par mon Super-Canon et qui figurait sur ma compil de Noël. Que je vous décrive le style. C'est la chanson prise de tronche hypra lente qui raconte l'histoire d'un gus (Van Gogh pour ce que j'en sais) qui se dit comme ça en voyant sa bobine le matin dans la glace : « Oh, non ! C'est encore moi ! » Plus plombant tu meurs. Sauf que la déprime n'est pas le genre de Dave la Marrade. Lui trouve le morceau idéal pour se faire une conga alors que mon Super-Canon vit à fond sa chanson, style je chante les yeux fermés. Trop dommage, l'homme les ouvre finalement. Et ce qu'il découvre n'a pas l'air de le réjouir outre mesure. Sa copine et Dave en pleine conga ! Je dirais même plus, que l'auteur-compositeur-interprète frise la totale vexation.

Je ne vous raconte pas la vitesse à laquelle j'ai mis fin à la conga. Mais la Marrade ne l'entendait pas de cette esgourde :

– T'arrête pas à mi-conga, ça nuit à mon cong.

Par la braguette d'Elton John de quoi m'entretenait-il au juste ? Il faut que je vous avoue une chose. Le garçon est plutôt coquin. Style à profiter de ce qu'on danse pour laisser sa main traîner négligemment jusqu'à mon popotin. D'ailleurs, j'ai senti plusieurs fois mon arrière-train au bord du rosissement. Couché popotin ! Couché !

Ellen n'ayant toujours pas refait surface, on file au bar se désaltérer.

Dave :

– Je me demande si je n'aurais pas chopé le syndrome allumage taille globale.

– Qu'est-ce que c'est que ce truc ? m'exclame-je.

Explication de texte du roi de la marrade. Avoir le syndrome allumage, c'est être attiré par des gens. Et trop dingue, le syndrome a son échelle de Richter perso !

– Tu vois, Gee. Tu commences par le syndrome allumage taille unique. Qui veut dire en clair qu'il n'y a qu'une personne qui te botte. Deuxième stade, les choses se gâtent et tu te chopes l'allumage taille globale. Dans ce cas de figure, tu ne sais plus où donner de la tête tellement il y a de gens qui te plaisent. Mais le pire de tous, c'est le syndrome allumage taille cosmos.

Je me bidonnais comme une folle. Mais dans mon for intérieur, je me sentais un brin chose dans le même temps. Une demande d'éclaircissement s'imposait :

– Par le postérieur de Lucifer, qu'est-ce au juste que le taille cosmos ?

– C'est quand tu trouves tout et tout le monde super craquants.

Nom d'un basset bleu de Gascogne !

Retour de Toute-Crétine qui se suspend immédiatement au bras de la Marrade en se tortillant stupidement.

– Dis Dave, ça te dirait de faire un tour dehors ? J'ai un peu chaud.

La Marrade n'avait pas l'air trop décidé. Il a fini par répondre mais en me regardant moi direct. Style méchamment appuyé comme regard :

– Moi aussi, j'ai chaud.

Et pof, ils sont sortis. Personnellement en tant que moi-même, je trouve Toute-Crétine ridicule d'adorer son Dave comme ça.

Compte rendu immédiat à Jas (et à Tom. On dirait des frères siamois jumeaux tous les deux. Je me demande comment ils font quand Miss Frangette a envie de faire un tour au service pipi et Cie).

Moi :

– Honnêtement, Ellen est vraiment lourde avec Dave. C'est tout juste si elle ne le suit pas à la trace.

Jas :

– Ben, t'as fait la même chose avec Robbie.

Moi, en riant de façon atrocement séduisante :

– Excuse-moi, mais je n'ai pas suivi Super-Canon à la trace.

Miss Frangette a continué à radoter comme une dératée.

– Au cas où tu l'aurais oublié, Gee, tu m'as obligée à t'aider dans ta suite à la trace. Tu te rappelles quand tu as voulu que je t'accompagne pour espionner Lindsay la Nouillasse dans sa chambre et qu'on a vu qu'elle mettait des strings ?

Tom :

– Vous avez espionné Lindsay par la fenêtre ? Je savais pas. Il est au courant, Robbie ?

Intervention d'urgence de je :

– Au fait, Tom. Tu as déjà eu l'allumage taille cosmos ?

Sauvée par le gong. Les Stiff Dylans avaient fini leur première partie. J'ai filé retrouver mon Robbie pour la pause bécot. Dans mes rêves. Sa loge était bourrée de filles qui s'entassaient à qui mieux mieux. Impossible d'approcher mon Super-Canon.

Il m'a lancé par-dessus la tête des greluches :

– Je te raccompagne après le concert. Attends-moi.

Devant le Bouddha Bar

Minuit Jas :
– Ton Vati vient te chercher ?

– Non, la prison m'a filé un laissez-passer pour la soirée. En clair, j'ai le droit de rentrer toute seule. En réalité, c'est juste que Mutti est de sortie et que Vati ne peut plus arquer rapport au match de foot avec ses poteaux. L'équipe de vioques a légèrement perdu. 13 à 0 !

Ensuite, les joyeuses bécoteuses du Top Gang et leurs partenaires bécoteurs s'en sont allés et je me suis retrouvée toute seule avec moi-même.

0 h 15 Brrrr. Il fait atrocement frisquet de la nouille.
Non mais, qu'est-ce qu'il fiche mon Super-Canon ? Jetons un coup d'œil par la porte. Il est en train de bavasser avec six filles ! Les trois copines des autres musicos, Sam, Mia et India, et trois créatures inconnues au bataillon. Leur tronche me dit vaguement quelque chose.

Ça y est, j'y suis ! Elles étaient en terminale l'an dernier. Je crois qu'elles sont à Londres dans une fac de mode ou genre.

Je comprends mieux pourquoi la plus tarte (Petra) a un bonnet tibétain *mit* oreillettes sur la tête. Que je vous décrive Petra. C'est le style blonde avec cheveux longs qui sortent du bonnet (très tibétain comme affaire… je plaisante). La fille passe son temps à agiter ses tifs dans tous les sens comme une… euh… agitée. Je n'en reviens pas, Robbie se fend la poire avec elles ! Mais comme je dis toujours : « Rira bien qui… euh… ne capte pas la blague. »

Quelqu'un peut me dire pourquoi mon Super-Canon perd son temps à blablater avec des thons ?

Si ça se trouve, il fait des relations publiques pour sa carrière. A moins que les thons soient style groupies. J'ai lu un truc dessus dans un magazine, ça fout les jetons. Les groupies, c'est le genre à se ventouser non stop à des groupes de rock. Jusque-là, ça va. Mais il y a pire. Figurez-vous que l'activité principale de la groupie, c'est de faire des moulages en plâtre de… enfin… du vermicelle et compagnie de leur idole ! Pas de sac de plâtre à l'horizon chez les thons. Méfiance, j'en vois une qui a un sac à dos. Si ça se trouve, elle en a planqué à l'intérieur. J'en étais là de mes suppositoires quand Robbie m'a aperçue :

– Georgia, je ne t'avais pas vue !

Petra s'est retournée et elle m'a fait (à l'embonnetée bien sûr) :

– Oh, salut, Georgia. Ça fait un bail, dis donc. Ça boume ? Comment ça se passe au Stalag 14 ? Tiens, tu n'as pas mis ton béret ce soir ?

Et pof, elle se bidonne. Je ne vous raconte pas la vulgarité.

Robbie était dans ses petits tennis.

– Bon ben, c'était vraiment sympa de vous revoir. A plus. Tu viens, Georgia ?

Hahahahahaha et double hahahahaha. Ça t'en bouche un coin, la Tibétaine. Si vous aviez vu sa bobine quand elle nous a vus partir ensemble.

Plutôt calme mon héros en début de raccompagnement. Mais une fois dans le parc, j'ai eu droit au bécot jusqu'à plus soif. Dingue, je me suis souvenu à plus de la moitié du temps de bécotage qu'il était conseillé de respirer pendant l'opération. Un peu plus et je tournais de l'œil.

C'était la totale fête au bécot dans les buissons. Il n'y en avait plus un de libre. *Bis repetitam*, je retombe sur Mark Grosse Bouche et sa mini copine. Je ne voyais pas très bien dans le noir, mais je mettrais ma tête au feu que bouche de mérou avait posé sa lilliputienne sur un tronc d'arbre, histoire d'avoir le niveau de bécotage requis. Ou c'est ça ou, vu la grosseur, la naine fait de l'œdème de cheville.

Devant chez moi, Robbie m'a sorti :

– Petra et Kate viennent juste de rentrer d'un tour de l'Inde et du Népal en stop.

– Ah, je comprends mieux les oreillettes.

Super-Canon a saisi mon appendice nasal entre ses sublimes doigts.

– Qu'est-ce que je vais faire de toi, ma Georgia ?

– T'as qu'à me glisser dans ta valise quand tu partiras au Pays-du-Hamburger-en-Folie.

– Hum. Je me demande ce que dirait ton père.

– Moi, je sais. Il dirait au revoir ma Gee et que Dieu bénisse tout ce qui vogue en toi.

A voir la tronche de Super-Canon, je doute que la réponse l'ait convaincu. Ou plus vraisemblable qu'il ait capté le sens de cette tirade inoubliable.

1h00 Qui trouve-je dans ma chambre en rentrant ? Ma petite sœur Libby en total état de veille. Et pour ne rien vous cacher, je signale à tout un chacun que l'enfant n'était vêtue que de son seul haut de pyjama. Résultat, elle avait le cucul flottant librement au vent. Je crains que cette petite fille ne soit pas à proprement parler inhibée. Et je le regrette. Trognonne était en train de rafraîchir la coupe de Nounours quand Mutti est arrivée sur ces entrefaites.

– Allez, ma Libby. Ta grande sœur est rentrée maintenant. Il est très tard. C'est l'heure de se coucher.

L'enfant n'a même pas pris la peine de relever la tête pour répondre à sa mère.

– Pas tout de suite, ma petite chérie. Je suis occupée.

D'où elle sort ça ?

2 h 00 Bonne nuit main gauche. Tiens, je te fais un poutou. Je ne crois pas m'avancer en disant que je suis au bord de remporter le championnat du monde du bécot. D'ailleurs, c'est ce que mon prof de bécots avait prophétisé quand j'avais pris mes leçons. Je suis la fille qui a inventé la pression de lèvres idoine pour bécot. Ni trop ni trop peu, telle est ma devise. A mon image somme toute.

Quand j'y pense, je me dis que c'est quand même dommage de ne pas faire profiter la terre entière de mes talents de bécoteuse.

3 h 00 Mais qu'est-ce que je blablate ? Je n'aime qu'un garçon au monde, Super-Canon. Point popotin. Non, scusez, point barre.

3 h 15 Le nez au carreau, qui visualise-je dans le jardin ? Le monstre et sa Naomi perchés sur le mur des Porte-à-Côté. Tiens, je me demande s'il est dans les us et coutumes du matou de se bécoter. Vous imaginez un peu s'il avait son échelle de ce que vous savez.

3 h 30 Et les chouettes ? Elles se bécotent les chouettes ?

Tais-toi cerveau ! Tais-toi ! Tout ça c'est de la faute de la Marrade et de son syndrome allumage taille cosmos.

Jas m'attendait devant chez elle comme d'hab'.
Je ne l'avais pas encore rejointe qu'elle me brandissait
son badge du club des Pies sous le pif. Club des Pies
qui se trouve être un club de rando pour finir. Honnêtement. Non mais, vous savez en quoi ça consiste
d'être une Pie ? A se retrouver entre demeurés et
à battre la campagne en observant des trucs et des
machins au passage.

Moi :

– Trop bien le concert, non ?

– Super.

– Au fait, ma grande, ça ne t'arrive jamais d'avoir
le syndrome allumage pour quelqu'un d'autre que ton
Tom ?

– La réponse est non. Je ne suis pas comme toi à
changer de copain toutes les cinq minutes.

– Ben, c'est pas vrai.

– Excuse-moi, mais tu fricotes avec Dave la Marrade.

– Ben, euh.

– D'ailleurs, tu ne fricotes pas avec lui, tu te
bécotes... Et je suis prête à parier que tu te bécoterais
avec Sublime-Henri s'il te proposait le bécot.

– Euh... je...

Je ne suis pas loin de l'avoir dans le baba pour une
fois.

Tout le Top Gang arbore son giga ce matin en signe
de souvenance de notre séjour en *le bel France*. J'ai
l'impression que ça fait des siècles qu'on arpentait les
rues du *gai Paris*. Lors de sa dernière A.G., le Top
Gang a voté à l'unanimité la création de la Journée
nationale du Quasimodo. Je crains cependant qu'il

faille attendre que les choses se tassent au Stalag 14 pour procéder à la commémoration quasimodiesque.

Quand la grille du collège a été en vue, on a retiré le giga vite fait. Et devinez ce qu'il y avait dessous ? Le normal (comment passer du rire aux larmes d'un coup de béret) ! Et donc par le fait hahahahahahahha Mesdames les *Oberführers*, vous ne pouvez pas rivaliser avec nous au rayon ingéniosité.

On s'apprêtait à passer devant Œil-de-Lynx quand un truc proprement immonde s'est produit. L'abjecte attendait près de la grille ! Et à voir sa tronche, elle avait dû chouiner un bon million d'années. Je lui ai fait un petit sourire et elle a amorcé illico un mouvement de rapprochement. Nom d'un anglo-français de petite vénerie ! L'abjecte n'est pas allée plus loin, Œil-de-Lynx l'a haranguée *manu militari* :

– Pamela Green, je vous rappelle que vous n'êtes pas autorisée à fréquenter les abords du collège. Vous êtes une honte !

L'abjecte s'est mise à cligner des yeux frénétiquement.

– Mais, Mme Heaton, ce n'est... ce n'est pas moi qui...

Œil-de-Lynx a claqué dans ses doigts.

– Et vous, mesdemoiselles, qu'attendez-vous pour entrer dans l'établissement IMMÉDIATEMENT !

Pas impossible que cette femme ait été doberman dans une autre vie.

Dans les vestiaires

Moi :
– On ne revient pas là-dessus, l'abjecte est une demeurée de premier pied, n'empêche elle me fait de la peine.

Jas :

– Je me demande si on ne devrait pas… euh… en parler à quelqu'un.

Rosie :

– Et se faire gravement défigurer par les Craignos ?

Hum. Pas faux.

N'empêche…

Hockey

Brrrrrrrrrrrrrrrrr. Il fait carrément moins cinq cents mais la Mère Stamp n'en a cure. Elle nous oblige quand même à faire entraînement de hockey.

Moi à Jas, en grelottant tel le grelot.

– Tu sais quoi ? Même le phoque reste au chaud dans sa petite maison quand il fait ce temps-là. Il en profite pour faire son tricot et blablater avec ses copines phoques.

Le sort du phoque passionne Miss Frangette. Je me demande si elle ne ferait pas une fixette sur la gente maritime.

Jas :

– Qu'est-ce que tu en penses, Gee ? Tu crois que le phoque aurait son langage à lui ? Il parlerait de quoi à ton avis ?

– Ben, de son voyage organisé pour phoques. De quoi veux-tu qu'il parle ? Super promo tout compris, une nuit au Groenland, trois week-ends en Antarctique, deux nuits en iceberg quatre étoiles et plancton à volonté.

Non mais, vous savez en quoi consiste ma vie ? A foncer sur un terrain gelé en tapant dans des balles limite béton par le truchement d'une crosse. Je dois avouer cependant que j'ai fini par trouver l'activité divertissante au moment où je recouvrais enfin la sensibilité du popotin. Je me suis mise à zigzaguer sur le terrain tel David Beckham (pas sur le plan tête rasée et caleçon fourni, mais plutôt versant pro de la baballe). Enfin, c'était le cas jusqu'à ce que je marque un but accidentel sur le genou de Jasounette (pas de bol, juste au-dessus du protège-tibia).

Miss Frangette est sortie du terrain clopin et surtout clopant en râlant contre moi à bouche que veux-tu :

– Tu es complètement secouée de taper des balles comme… comme…

– Le remarquable capitaine d'une équipe de hockey que je suis, ai-je proposé ultra serviable.

– Non, pas du tout ça.

– Ben, quoi alors ?

Jasounette était plus rouge que rouge. Je lui ai fait ma célèbre accolade mais Miss Coquelicot m'a repoussée :

– Ça y est, je sais. Comme… une hooligan qui change de copain toutes les cinq minutes.

Oooooooooooooooh. Touchée.

Pause déjeuner

Plan Orsec garçon ! Plan Orsec garçon ! Dave la Marrade attendait à la grille du collège. Bizarre, il n'avait pas l'air dans sa soucoupe. D'habitude, le garçon ne mégote pas sur le sourire et il est plutôt du genre culotté (oh, oh), mais pas là. Aujourd'hui, on dirait qu'il est tendu. Mais toujours aussi craquant. Si je n'étais pas la fiancée d'un Super-Canon, j'aurais sûrement envie de sortir avec lui. Et encore plus depuis que Tom m'a raconté que la Marrade avait accroché une banderole sur la façade de leur collège avec marqué dessus : « A VENDRE ». Le temps que j'arrive au Q.G. du Top Gang (les goguenots du premier), Toute-Crétine avait déjà atterri sur Azimutland. Elle tournait en rond en répétant à l'infini :

– Qu'est-ce que je dois faire ? Qu'est-ce que je dois faire ?

Jas :

– Eh ben, tu vas aller lui parler. Il est venu pour te voir. C'est hypra chou.

Après quoi, Miss Frangette est devenue style toute songeuse.

– Tu sais, Ellen. Des fois, mon Tom ne peut pas résister à l'envie de me voir et il débarque en…

Moi :

– Camionnette de livraison ?

L'enfrangée m'a ignorée total. Elle a continué à blablater des trucs à Ellen en faisant comme si je n'avais pas sorti un truc *le trop* désopilant.

– Je disais donc, il débarque en un clin d'œil.

Je ne vous raconte pas le regard mauvais que Frangeounette m'a lancé à la fin de son allocution (j'avais le trouillomètre à zéro). Après quoi elle est sortie des goguenots *mit* claudication.

J'ai essayé de la retenir.

– Jas, tu sais que je t'aime, non ? Touche-moi avec des pincettes ! Repousse-moi des quatre fers ! Évite-moi comme la varicelle !

Pas de réaction.

Au bout de la douze millionième couche de brillant, Toute-Crétine a fini par rejoindre Dave la M.

Tout le Top Gang s'est collé au carreau des goguenots pour assister à l'entrevue.

Moi à Jools :

– Arrête-moi si je me goure, mais il ne l'a pas bécotée pour lui dire bonjour.

Rosie était en train de se faire les ongles des pieds et, histoire de ne pas se coller du vernis partout, la fiancée du bûcheron lapon s'était coincé des petits bouts de savon entre chaque doigt. Rappelez-moi de ne plus jamais me servir du savon des goguenots.

Bref, Rosie a fait comme ça :

– A chaque fois qu'on se retrouve avec Sven, il me bécote. D'ailleurs, si on va par là, il me bécote quasi tout le temps. Même à table.

Le Top Gang en chœur :

– Beurk !

Pendant ce temps-là, Toute-Crétine et son Dave avaient disparu derrière la baraque à vélos. Résultat des courses, impossible de connaître la suite des événements. Note que de l'autre pied ça m'arrangeait. Rapport au fait que, même si j'avais un copain, même si c'était le total délire avec lui, même si j'étais aux angelots, si j'avais atteint le nirvana du bonheur, si je ne pensais jamais à un autre garçon, si j'avais mis mon rosissement popotal de côté d'une main d'acier, si j'avais le syndrome allumage taille unique et pas globale, j'appréciais moyen de voir Dave la Marrade bécoter quelqu'un d'autre. Va savoir pourquoi.

Maths

Ellen a chouiné tout le cours ! Elle était assise à côté de Jasounette et je voyais bien qu'elle lui racontait le pourquoi du comment en reniflant à grands seaux mais je n'ai rien pu savoir. L'enfrangée a poussé le vice jusqu'à ignorer les mots que je lui faisais passer. Au bout d'un moment, Toute-Crétine a levé la main pour demander à aller à l'infirmerie sous prétexte qu'elle se sentait patraque.

Je suis la première à avoir envie de chouiner en

maths, mais là je trouve qu'Ellen pousse la capsule un peu loin. Je vous ferais dire qu'on se fadait un cours sur Pi. Je sais que je me répète mais le Grec antique n'avait donc rien de mieux à faire que de prendre les mensurations de trucs et de machins ? Ou de sauter hors de son bain en criant « Eurêka ! »

Quand la Mère Stamp (quart lesbienne, quart *Oberführer* prof de gym et quart prof de maths... attendez une seconde, il lui manque un quart à celle-ci... remarque...) a demandé à la classe pourquoi Archimède avait poussé son célèbre cri en constatant que son bain débordait, j'ai répondu finement :

– Ben, parce qu'en grec de dans le temps, eurêka voulait dire : « Nom d'un laika de Sibérie orientale, ce bain est bouillant ! »

Si ça se trouve, c'est la première blague grecque antique que je viens de faire là.

Récré

Méga scoop ! ! ! ! La Marrade a largué Ellen ! ! ! ! Et Toute-Crétine n'apprécie pas. Rassemblement dans les goguenots de la salle de chimie où la copine frise l'hystérie. Je ne vous raconte pas les yeux de souriceau congestionné qu'elle a. Ça hoquetait tous azimuts avec cocktail de chouinade et reniflettes entrecoupé de tentatives désespérées pour s'exprimer. Comme de juste l'infirmière en chef Jasounet te réconfortait l'éplorée.

Au bout du millième essai, Toute-Crétine a fini par sortir un truc :

– Il m'a dit qu'il s'était aperçu à la... à la soirée poisson... que... qu'il... snif, snif, hoquète.

Je me demande (j'ai toujours un petit creux), je me demande disais-je, une supposition que je mange mon

Mars maintenant, est-ce que d'aucun prendrait ça
pour un total manque de sensibilité ?

Je n'en saurai jamais rien. Toute-Crétine remettait
ça.

– Alors, je lui ai fait... « C'est à cause de moi ? »
Alors, il m'a fait... « Non, tu es une fille formidable.
Tu n'y es pour rien. C'est moi. Tout est de la faute de
l'allumage taille globale. » Mais qu'est-ce que ça veut
dire ? Qu'est-ce qu'il a fait ? C'est qui l'allumage taille
globale ?

OhmonDieumonDieumonDieumonDieu !

Toutes les filles hochaient du chef à l'unisson. Sauf
Jas qui hochait du chef en me regardant fixement.
Telle une vieille chouette en jupe bourrée de philosophitude (la chouette, pas la jupe). A la différence
près que Jasounette est plus bras qu'aile. Et qu'elle a
fait l'impasse sur le bec.

Dernière sonnerie. Ouf !

16 h 30 Non mais, la vitesse à laquelle Jas marchait pour rentrer, du jamais vu. On aurait
dit qu'elle avait le feu à sa culotte méga couvrante.
Pensez, j'ai même été obligée de quasi lui courir
après. Arrivée à sa hauteur, je lui ai posé un bras amical sur l'épaule. Mais au lieu de stopper l'enfrangée,
le choc a décuplé sa vélocité. Du coup, on courait
côte à côte.

Moi :

– Jas, Jasounette, *ma petite compagnon*. Je regrette
à mort de t'avoir amoché le genou. Tu veux que je te
fasse un poutou dessus ? Tu veux que je te porte
jusqu'à ta maison ? Je suis cap, tu sais. Je ferai tout ce
que tu voudras à condition que tu redeviennes *ma
petite compagnon*.

Miss Frangette a pilé net.

– D'accord pour que tu me portes. Mais t'as pas intérêt à me lâcher.

Résultat des courses, j'ai porté Miss Frangette jusque chez elle. Et je vous garantis qu'elle ne fait pas dans le zéro pour cent de matières grasses. Rien que sa culotte doit peser dans les trois kilos.

En arrivant devant son portail, j'étais limite décédée. Je m'apprêtais à la lâcher quand elle m'a fait :

– Pas de ça, Lisette. Tu me portes jusqu'à mon lit.

J'ai titubé vaille que vaille jusqu'à la maison avec l'enfrangée toujours dans mes bras. Quand elle s'est penchée pour ouvrir la porte, j'ai cru que l'abus de congestion allait me faire gicler la tête hors du corps. Allez, encore une étape. Escalier, couloir, chambre, lit ! ! ! ! Victoire.

Et belle tranche de marrade par le fait. Vautrée de conserve sur son lit dans le peu de place laissée par son billion de peluches, je sors à Jas mine de rien :

– Bon, tu m'as pardonné maintenant ?

– Astique mon badge des Pies d'abord.

Exécution.

– O.K., Gee. Maintenant, je peux éventuellement envisager de te pardonner.

Ça méritait que je lui file un cracker au fromage qu'elle s'empresse de mâchouiller. Mais Miss bourrée de philosophitude n'en avait pas terminé :

– Moi, c'est fait. Mais tu crois qu'Ellen pourra te pardonner ?

– Qu'est-ce que tu me fredonnes ? Me pardonner quoi ?

– De t'être bécotée avec son copain et… de… d'avoir laisser ton rosissement popotal faire la loi dans le poulailler.

– Jas, mon popotin n'est pas une poule.

– Tu vois très bien ce que je veux dire.

– Ne remets pas ça avec tes « tu vois très bien ce que je veux dire ».

– N'empêche, tu vois très bien ce que je veux dire.

Dans ma chambre

Jas est d'avis que je crache le morceau à Toute-Crétine rapport à l'affaire Dave la Marrade. Elle pense que si la larguée apprend que son copain n'était rien moins qu'un bécoteur en série doublé d'un lordilleur de mèvres... ou l'inverse... elle l'oublierait très vite.

Hum. Possible que l'aveu fasse passer la pilule la Marrade à Ellen. Possible aussi qu'il la pousse à m'arracher la tête.

Intrusion de mère atrocement affairée dans chambre.

– Gee, tu es prête, ma chérie ?

– Pour quoi, Mutti ? La guerre atomique ? La paix dans le monde ? Le thé ? Un héritage inespéré ?

– Non, pour aller chez le Dr Clooney... Enfin, je veux dire, Dr Gilhooley.

– Le toubib a beau être sublime, Mutti, je ne vois pas très bien pourquoi j'irais lui rendre visite.

17 h 00 Rapide vérification au rayon coude. Il est vrai que je me suis un peu désintéressée de la question ces jours-ci compte tenu des événements majeurs qui se sont déroulés. Je dois reconnaître que nue, j'ai le coude un brin bord cadre. Et je vous avoue que je n'envisage pas une seconde de passer toute mon existence abonnée à la manche longue. Et quid des journalistes qui m'assailliront à toutes les premières et autres soirées jet-set auxquelles j'irai au bras de mon Super-Canon ? Merci bien, je n'ai pas du tout envie de faire les gros titres des journaux avec mes coudes !

Style : « *Super-Canon et sa copine aux coudes pointus ont été vus dans le restaurant spécial people de Los Angeles.* »

Une fois dans la Vallée des Mal-en-Point (la salle d'attente du Dr Clooney), j'ai glissé à l'oreille de Mutti :

– De toutes les manières, qu'est-ce qu'il pourra y changer à mes coudes ?

J'ai fait drôlement gaffe à parler doucement. Comme d'hab', la pièce était bourrée de fortement perturbés de la tronche.

C'est une réalité, Dr Clooney est carrément sublime. Que je vous le décrive. Yeux bleus, cheveux noirs et plutôt attractif dans son genre. Mutti ne se tenait plus, style tout en flotteurs et le rouge aux joues.

Le Dr Clooney :

– Que puis-je pour vous ?

Mutti m'a relevé les manches illico pour exhiber l'objet du délit.

– Georgia a les coudes pointus.

J'ai cru que le toubib allait se faire pipi dessus.

– Écoutez, je suis prêt à vous offrir deux autres filles pour vous voir tous les jours.

Après quoi, l'homme de l'art s'est approché de ma personne en vue d'examiner mes coudes. Et, il m'a fait un super sourire. Ouaouh ! ! ! !

– Georgia est un pur-sang ! diagnostiqua-t-il.

Par la moustache de la Mère Stamp et de son sourcil assorti, qu'est-ce qu'il me chantait là l'assermenté d'Hippocrate ?

– Georgia a les membres longs et très peu de graisse. Ce qui explique qu'elle ait les coudes plus osseux et proéminents que ceux d'une jeune fille présentant une autre morphologie. Cette petite différence disparaîtra au fur et à mesure qu'elle grandira.

J'ai cru que Mutti allait bécoter le toubib sur place.

– Oh, merci docteur. C'était un tel souci, ces coudes. A ce propos, comment ça va en ce moment ? Vous êtes allé danser ces jours-ci ?

En rentrant à la maison, j'ai sorti à Mutti :

– C'est quoi cette histoire de « danser ces jours-ci » avec Dr Clooney ?

La mère de famille a piqué le fard du siècle et perdu dans le même temps un usage cohérent de la parole.

– Ben, tu sais, Gee. Je suis tombée sur lui quelque-fois quand je sors… danser… avec les copines et…

– Et quoi ?

– Écoute, je le trouve plutôt bel homme.

Nous voilà bien. Ma propre mère montre des signes alarmants du syndrome allumage taille globale.

 De l'autre coude et du bon, le mystère du même nom est résolu… Je suis un pur-sang !

 Coup de bigo de Rosie.

– Gee, il s'est passé un truc atroce.

– Quoi ? T'as le cheveu qui rebique ? En tout cas le mien, je te dis pas.

– Non, c'est pas ça.

– T'as une pustulette en germination ?

– Pire.

– Nom d'un schnauzer moyen, ne me dis pas que tu vas avoir un mini Sven ?

– Sven doit rentrer en Suède pour filer un coup de paluche à la ferme ou au machin que ses parents ont là-bas !

– Tu crois qu'ils font dans le renne ?

– GEORGIA, J'EN SAIS RIEN et je m'en fiche ! ! ! ! ! !

La copine est carrément ratatinée. Elle prétend que si Pantalon Clignotant devait rentrer en Suède, elle partirait avec lui. Je tempère ses ardeurs.

– Écoute, ma Roro. Il faudrait déjà que tu saches où se trouve la Suède. Je te signale qu'au dernier contrôle de géo, tu as positionné le grenier à blé en plein milieu de la mer d'Irlande.

Mardi 1er février

Petit déj'

8 h 05 Non mais, c'est carrément grotesque. Mutti et Vati ne se parlent toujours pas. En temps normaux, ce silence me ravirait. Sauf que dans ce cas de figure, le mutisme des vioques implique qu'ils me parlent tous les deux. En général pour demander des trucs, style : « Alors, c'est qui le numéro 1 au hit-parade cette semaine ? »

Lamentable, non ?

Au collège

Avec Rosie qui se traîne comme une âme en peine, Jools qui s'est bagarrée avec son Rollo et Ellen qui vise le championnat du monde du reniflement continu, on se croirait en plein dans la Vallée des Damnées. Je vous promets, il suffit de sortir à Toute-Crétine « ça te dirait un cracker au fromage » pour qu'elle fonce aux goguenots chouiner à bride rabattue. Et vous savez ce que fait Miss Frangette pendant ce temps-là ? Elle me regarde et elle me regarde et elle me regarde ! Je n'en pouvais plus :

– Écoute, Jasounette, tu ferais bien de faire attention. Je te signale que la sixième, qui était en compète de regard fixe la semaine dernière, a tenu le coup tellement longtemps qu'il a fallu la transporter à l'hôpital pour une humidification de l'œil.

Miss Frangette a balayé ma remarque d'un reniflement (décidément tout le monde s'y met) méprisant. Encore heureux que je sois bourrée d'allégresse et super capitaine de hockey par le fait.

Éducation religieuse

Rosie m'a fait passer un mot.

J'ai trouvé où était la Suède ! Je pars rejoindre mon Sven. Je me dégotte un boulot et je me fais plein de nouveaux poteaux de Scandinavie.

Réponse de Georgia par retour.

Parce que tu crois qu'il y a du boulot pour une bécoteuse de quinze ans au Pays-du-Renne-Glacé, toi ?

Rosie s'est retournée et m'a honorée de sa célèbre simulation d'un dément atteint de strabisme avéré. Puis, re-courrier dans l'autre sens.

Toi qui es tellement maligne, Gee, tu feras quoi comme boulot au Pays-du-Hamburger-en-Folie ? Ta désopilante imitation du germe du tétanos ou bien... euh... rien d'autre ?

A la maison

Mêmes vieux, même punition.

Libby a passé la soirée à tester ses talents de maquilleuse sur la tronche du monstre. Quasi toute la poudre de Mutti y est passée plus deux bâtons de rouge au bas mot. Super-Matou était assis sur mon lit et se laissait faire sans broncher. Je dirais même plus, la turbine à ronrons marchait à plein régime. Je crains que le statut de Vati velu ait considérablement ramolli mon super greffier. Autre hypothèse, le félidé a tourné homosexualiste.

Super-Canon avait un rendez-vous ce soir. L'homme n'ayant pas pris la peine de développer le sujet, je suppute qu'il s'agit d'un meeting inter rock star. A ce propos, Rosie se fourre gravement le doigt dans l'œil quand elle s'imagine que je ne serai pas capable de me dégotter un boulot au Pays-du-Hamburger-en-Folie. Déjà pour commencer, je peux monter une équipe de hockey spécial copines de musicos et faire ma petite bonne femme de chemin en Amérique.

Mercredi 2 février

Aujourd'hui, tournoi de hockey sous la direction de moi-même ! Un bonheur n'arrivant jamais seul, Lindsay la Nouillasse a décidé de quitter l'équipe. Hourra ! ! ! ! ! ! Et pourquoi à votre avis ? L'insipide renonce au hockey en signe de protestation contre ma nomination au poste de capitaine. Elle prétend que je suis un fac-similé d'imposteuse et que je me comporte comme un pois chiche prépubère. Qu'est-ce qu'elle y connaît, jambes de phasme à tendance dézingueuse de cheville ?

18 h 30 Victoire écrasante ! ! ! ! La journée fut hallucinante. Six matchs, six victoires ! J'ai marqué à tous les matchs ! Bon, je sais, c'est moi qui le dis, n'empêche je suis ni plus ni moins QU'UNE HOCKEYEUSE DE GÉNIE ! ! ! ! !

C'est moi qui ai reçu la coupe au nom du collège, et donc je me suis fendue d'un discours.

Pour rien au monde, je n'aurais raté cette occase de montrer au monde entier et en particulier à la très emmoustachée Mère Stamp de quelle philosophitude, de quelle maturosité et de quelle grâce (et non pas grasse comme Rosie l'avait compris) je me chauffais.

Retranscription :

« Chers amis, je dois cette victoire à mon équipe, à mon collège, à mon papa et à ma maman qui m'ont conçue, à l'ancien Briton pour m'avoir transmis son fier héritage, à l'homme des cavernes sans qui personne dans cette noble assemblée ne serait venu jusqu'ici vu que c'est lui qui a inventé la roue... »

La Mère Stamp était au bord de l'implosion. Sauf que la malheureuse a dû renoncer à me morigéner comme elle le projetait et vous savez pourquoi ? La directrice du collège de All Saints a adoré ma prestation ! J'ai même cru qu'elle allait s'éclater les phalanges à force d'applaudir mon speech !

Jeudi 3 février

Au collège

Hahahahahahahaha. Fil-de-Fer a été obligée de me féliciter devant tout le monde au rassemblement ! ! ! ! !

Si vous aviez vu la tronche d'Œil-de-Lynx ! On aurait dit qu'elle avait du popo plein la bouche (ce qui était probablement le cas). Comme d'hab', Fil-de-Fer était d'une humeur de clebs. Elle avait le centuple menton qui s'entrechoquait en cadence avec les hymnes. Visez un peu ce qu'elle nous a sorti :

– Mesdemoiselles, en dépit de mes précédentes mises en garde, certaines élèves pensent toujours pouvoir continuer à bafouer le règlement du collège. M. Attwood vient de m'informer que la casquette qu'il avait égarée il y a quelques jours avait été retrouvée par ses soins aujourd'hui même en cendres!!!!! Je vous avertis pour la dernière fois. Faites très attention à votre conduite! A la première incartade, vous serez sévèrement punies.

En me traînant mollement vers la salle d'anglais, j'ai dit à Jas :
– Si ça se trouve, c'est Elvis qui a mis le feu à sa casquette tout seul. Il ne peut pas nous blairer. Tout ça parce qu'on est jeunes et pleines d'entrain.
– Tu oublies qu'on lui a fait tomber le squelette de sciences nat sur la tête.
– Oui, mais bon…
– Et l'épisode des sauterelles qui lui ont boulotté ses blouses…
– Oui, mais il y a…
– Et la fois où il a trébuché sur…
– Jas, ferme-la !

Éducation religieuse

Rosie a déménagé sur bourdonland. Son chéri a embarqué aujourd'hui sur son drakkar (le ferry) pour rentrer au Pays-du-Renne-Glacé, son chez-lui. Au final, le géant ne sera absent qu'un mois mais Roro n'en démord pas, elle veut aller vivre en Suède avec lui. J'ai profité de ce que la Mère Wilson délirait sur son enfance malheureuse pour dessiner quelques accessoires dont Rosie pourrait avoir grand besoin dans la toundra. Premier croquis, Roro *mit* lunettes de soleil en fourrure et chauffe-nez. Deuxième croquis, Roro en bikini velu. Désopilant de mon point de vue mais pas de celui de la copine visiblement. Aussi incroyable que cela puisse paraître, elle ne se joint même pas à notre célèbre fredonnement spécial éducation religieuse. (J'explique. On fredonne tout doucement en continuant à vaquer à nos affaires comme si de rien n'était. Et c'est là tout le génie de la chose. Pour la bonne raison que la fille occupée ne peut être soupçonnée de fredonnement, et le chœur fait qu'on ne peut localiser l'origine du bruit !). Aujourd'hui par exemple, la Mère Stamp est persuadée que c'est la faute des radiateurs si ça fredonne dans l'air. Ça la rend carrément chèvre cette affaire. Il faut dire que ce n'est pas difficile.

Récré

Je cherchais désespérément un moyen de remonter le moral de Roro quand, fidèle à moi-même, un éclair de génie me traversa. Et ce, pile au moment où on passait en traînant de la patte arrière devant la cabane d'Elvis et son panneau imbécile invitant le chaland à « sonner pour le gardien ». J'ai fait ni une ni deux. J'ai dit à ma Roro de patienter gentiment et j'ai appuyé sur la sonnette.

Deux secondes plus tard, Elvis apparaissait dans toute sa givrure et plus acariâtre que jamais. Le gardien de collège irritable m'a reluquée sans ménagement et il m'a fait :

– Qu'est-ce que vous voulez ?

– Sauf votre respect M. Attwood, j'ai une question qui me turlupine. Pourquoi vous appuyez pas vous-même sur votre sonnette ?

Fallait s'y attendre, le cerbère de collège n'a pas

capté la blague. A la place, il a juste continué à ronchonner de plus moche. Je m'apprêtais poliment à le planter là quand devinez qui je visualise dans mon coin d'œil ? Lindsay la Nouillasse en train de nous espionner du haut de ses jambes de phasme !

Pendant ce temps-là, le Père Attwood avait carrément viré au violacé soutenu. Je m'attendais à ce que sa tête extra plate explose d'une minute à l'autre mais non. Pas de bol. Et le voilà qui vociférait maintenant :

– Les bêtises, c'est toujours vous. Vous qui fouillez dans ma loge. Vous qui laissez les sauterelles manger mes blouses de rechange...

Interruption immédiate de moi-même en vue de raisonner le dément.

– Écoutez, Elvis. Je vous ferais dire que je ne pouvais pas savoir que les sauterelles mangeraient vos blouses. Je pensais juste qu'elles feraient un petit tour dans le labo de sciences nat, histoire de se dégourdir les pattes. Ça faisait un bail qu'elles étaient dans leur cage.

Vous croyez que l'explication aurait calmé l'ensonnetté ? Pas d'un iota, il a continué à s'époumoner tant et plus :

– Et je parie que c'est vous, encore vous, qui avez brûlé ma casquette ! !

Ben voyons et puis quoi encore ?

Maths

J'étais tranquillement en train de me polir la lunule quand Œil-de-Lynx a débarqué dans la classe. Elle m'a littéralement aboyé dessus :

– Vous, dans mon bureau ! Tout de suite !

Oh, foutu *sacré bleu*. La nazie en chef était atrocement blême, style rigidifiée par l'abus de pas contente du tout.

– Écoutez, Georgia. J'en ai assez. Vous n'êtes pas dénuée d'intelligence et vous avez même quelques qualités mais vous persistez à les gâcher en inventant je ne sais quelle farce idiote et infantile, quand vous ne faites pas preuve de malveillance tout simplement. Lorsque Mlle Stamp m'a fait part de sa décision de vous nommer capitaine de l'équipe de hockey, j'ai eu de sérieux doutes. Je dois encore aujourd'hui à votre démonstration ridicule de triomphe au tournoi de tennis l'an dernier de fortes migraines.

Nom d'un grand anglo-français tricolore ! Mais *qu'est-ce que le point* avec les profs ? Ils n'ont donc rien de mieux à faire que de recenser des trucs et des machins qui se sont passés dans la préhistoire et de guetter comme des fous un autre incident archi mineur à ajouter à leur liste ? Si ça continue, je vais leur prêter mes bouquins, moi. Pourquoi ne pas laisser gentiment uriner ? Ça devrait se détendre, le corps enseignant, ne pas se noyer dans un verre d'eau, faire la converse aux dauphins, se laisser porter… Enfin, vous voyez.

Manque de bol, l'homélie de la Mère Œil-de-Lynx n'était pas terminée.

– Quoi qu'il en soit, vos dernières « plaisanteries » n'ont fait que confirmer ce que j'ai dit à Mlle Stamp. A savoir que votre conduite est inadmissible et que vous donnez un très mauvais exemple à vos camarades. Tout particulièrement aux plus jeunes et aux plus sensibles. En conséquence, je vous relève de vos fonctions de capitaine sur-le-champ.

J'étais au bord de rétorquer vertement, mais je me suis abstenue rapport au drôle de picotement qui m'a attaqué la gorge pile à ce moment-là. La capote en chef m'a obligée à lui rendre mon badge de capitaine ! Mais le pire de tout, le voici le voilà : je suis de corvée de jardinage avec le Père Attwood pendant un mois !

En sortant de la salle d'interrogatoire sur qui tombe-je ? Lindsay la Nouillasse. Combien vous pariez qu'elle m'a caftée auprès d'Œil-de-Lynx ? Mais je ne lui ferai pas le plaisir d'un commentaire. Ma fierté me l'interdit.

Rosie m'attendait dans le couloir.

– Alors, ma Gee ? Tu as eu droit à quoi ? Œil-de-Lynx t'a donné du martinet ? Ne me dis pas qu'elle t'a décapité le nunga-nunga pour l'exemple ?

– Elle m'a virée de capitaine de hockey.

Roro m'a filé l'accolade de l'amitié.

Dans ma chambre

23 h 17 C'était moins une que j'appelle Super-Canon pour lui relater le désastre hockeyeur. J'ai vraiment failli. Et puis au dernier moment, j'ai eu un doute. Je me suis demandé comment l'homme prendrait l'épisode « sonnez pour le gardien », style comme une blague trop désopilante ou bien style comme l'œuvre d'une totale demeurée.

Minuit C'est bizarre, mais je me dis que Dave la Marrade aurait sûrement trouvé l'affaire sonnette… euh… la marrade.

Non mais, qu'est-ce qui me prend de penser à lui ?

Pause déjeuner

Pas envie de tchatcher aujourd'hui. Et puis les copines sont trop sympas avec moi. Ça me fait tout drôle. Or donc, je pars de mon côté cogiter sur le sens de la vie. Qu'est-ce qu'il disait déjà mon copain Willy Shakespeare ? « Tu es belle, belle, belle comme le jour. Belle, belle, belle comme l'amour. » Ah non, je me goure. Ça, ce serait plutôt du Quasimodo.

J'ai le Top Gang littéralement collé aux basques telle la ventouse, mais en jupe.

J'en ai vraiment gros sur la patate. C'était trop cool d'être capitaine.

Finalement, être la copine d'un Super-Canon ne vous protège pas des coups durs. Et si on va par là, à quoi ça sert finalement d'être la copine d'un Super-Canon si chaque fois qu'on a envie de lui raconter un truc, on ne peut pas ? A ce compte-là, on n'est rien moins qu'une non-copine. Voilà, ce que je suis : une non-copine.

Doublée d'une non-capitaine. Qui plus est avec le coude proéminent.

De maraude derrière le court de tennis, j'entends soudain une voix disgracieuse éructer à mon intention :

– Alors Gros Tarin, t'as fait la vilaine et tu t'es fait enguirlander par la méchante sorcière ?

Pour ne pas changer, les Craignos étaient en train de cloper, leur gigantesque derrière calé sur une pile de manteaux.

Il ne manquait plus que ça à mon bonheur, tiens. *Caca* et *quadruple caca* par le fait.

Après cette saillie mémorable, Allison Craignos a

tiré sur sa clope. Elle n'aurait pas dû. L'affreuse s'est tapé une quinte de tout premier choix.

Moi :

– Toujours en top condition physique, Alison, à ce que je vois ?

Oh, le regard immonde que l'empustulée m'a lancé (remarquez, c'est le seul qu'elle ait en magasin). J'allais reprendre mes pérégrinations quand j'entends une toute petite voix sortir de nulle part :

– Je peux y aller maintenant ? On est presque à la fin de la récré. J'ai hyper mal aux genoux.

Jackie :

– Si ça ne tenait qu'à moi, je te laisserais partir. Seulement, j'ai pas fini ma clope.

En une fulgurance, j'ai compris que sous le tas de manteaux, des sixièmes faisaient office de fauteuil pour les Craignos.

Je me suis retournée tel le seul homme.

– Hé, vous deux ! Laissez partir les petites !

Jackie a fait celle qui avait les méga chocottes.

– D'accord, d'accord, Georgia. Tu me fous trooooooooop les jetons.

Forcément, Alison n'a pas voulu être en reste.

– On y va, je voudrais surtout pas que tu me fasses mal avec ton super pif !

Et là devant le spectacle désolant des deux cageots, je me suis dit : cette fois c'est la goutte qui fait déborder la bassine. J'ai les nerfs au bout de la pelote. D'accord, ma carrière de hockeyeuse est derrière moi, mais je peux encore faire quelque chose pour la Grande-Britonne (non, la réponse n'est pas la quitter).

J'ai rebroussé chemin à fond de train. Les copines qui me le filaient (le train) étaient limite sur le point de courir pour ne pas se laisser distancer.

Elles m'ont rattrapée pile au moment où je déboulais en trombe dans l'antichambre de la Mère Fil-de-Fer. Jasounette me regardait éberluée.

– Ben, Gee. Qu'est-ce que tu fais ?

Moi :

– Je crache le morceau à la Mère Fil-de-Fer rapport à l'abjecte et aux Craignos.

Le Top Gang de conserve :

– OhmonDieu ! ! ! ! !

Jools :

– Si jamais les Craignos découvrent le pot aux iris, t'es bonne pour la mise à mort.

Rosie :

– Et une supposition que Fil-de-Fer ne te croie pas, vu tes petits soucis du moment ?

Moi, avec un max de dignitude.

– Je prends le risque.

Et là, il se passe un truc proprement ahurissant. Jugez vous-même. Jas dit :

– Je vais avec toi, Gee. J'ai des trucs à dire aussi.

Forcément, je lui fais l'accolade de l'amitié. Mais Miss Frangette n'en veut pas. Elle sort un truc qui gâche tout :

– Ben… tu sais… enfin, je veux dire… je fais partie des Pies et donc…

L'enfrangée aurait sans doute continué à jacasser encore un bon demi-siècle si Rosie n'était intervenue :

– O.K., je viens avec vous. De toutes les manières, je n'ai rien à perdre. L'été prochain, je tiens une basse-cour de rennes.

Au final, tout le Top Gang était d'accord pour m'accompagner. Même Ellen qui met un terme provisoire à son robinet de reniflement le temps de témoigner. On se sentait genre les six samouraïs ou les sept nains, je ne sais plus. Gonflées à bloc comme on était, on aurait pu chevaucher à travers la campagne et faire redresseuses de bien pour commencer.

Sauf qu'au moment où Fil-de-Fer est apparue telle l'armoire normande en robe, mes ardeurs se sont sensiblement calmées.

16 h 30 Total, on l'a fait. On a cafté les Craignos. Et par voie de conséquence, elles ont été exclues du collège sur le pré. Mais ce n'est pas tout. La maréchaussée a fait une descente chez elles ! Non mais, qu'est-ce qui pourrait bien se passer maintenant ?

18 h 00 Je vais vous le dire, moi. L'abjecte junior et l'abjecte senior se sont pointées chez moi ! Les deux bigleuses ont mon adresse ! ! ! ! ! ! ! Elles chouinaient comme des veaux en délirant à tel plein tube que ça en était flippant.

L'abjecte junior avait cru bon d'emmener Hammy pour l'occasion. Son hamster évidemment, qui d'autre ? C'était sans compter avec le monstre qui a trouvé Hammy super chouette comme accessoire de cache-cache pour jouer avec Naomi et les petiots. Au final, j'ai quand même réussi à mettre la main sur le rongeur tacheté. Enfin, feu tacheté, parce qu'en l'occurrence pour revoir les taches il faudra attendre que le poil de la bestiole repousse. D'ici quelques années, ce sera bon. Je suis confiante.

Après des siècles et des siècles d'ennui insoutenable à grand renfort de culs de bouteille, les abjectes ont fini par mettre les bouts. Mais je n'en avais pas fini avec le calvaire. J'étais devenue une héroïne sous mon propre moi !

Vati m'a déclaré :

– Je suis si fier de toi, ma chérie.

Encore un peu et j'avais droit à une chouinade en règle.

Va savoir pourquoi, Mutti m'a serrée telle la bonne baguette contre ses flotteurs gigantesques. Dans le feu de l'action, mes chers parents ont oublié qu'ils ne se parlaient plus. Vati s'est joint à l'accolade et, comme si ça n'était pas suffisant, ma petite sœur chérie s'y est mise aussi. La gosse étant très partageuse, elle a invité Nounours et la Barbie plongeuse sous-marine à participer aux effusions. Si on m'avait dit un jour que je serais victime d'une accolade collective !

Au vu du résultat, merci bien. J'arrête là la bonne action. Ça ne vaut vraiment pas le coup.

21 h 00 Coup de fil de mon Super-Canon !!!! Je me lance illico dans le récit de mes aventures.

– Tu sais quoi, Robbie ? La journée fut hallucinante. Tu ne devineras jamais ce qui est arrivé. Figure-toi que les Craignos étaient assises sur des sixièmes et…

Robbie m'a interrompue sans ménagement.

– Écoute, Georgia. Il faut qu'on se voie demain. C'est assez grave.

– T'as cassé ton médiator ?

Trop dommage, l'homme n'a pas ri.

 Non mais, quoi encore ? Qu'est-ce qui va me tomber dessus cette fois ?

FONCE, GEORGIA, FONCE
ET USE DU ROSISSEMENT
POPOTAL À BON SÉANT

J'ai rendez-vous avec Super-Canon à la grosse horloge. Pile au moment où je partais, Libby manifesta impérieusement son désir de m'accompagner. Et pour que je capte mieux l'info, elle s'enfuit dans la salle de bains avec ma trousse à maquillage. Je retrouve la mini despote la mimine au-dessus des cabinets avec mon nécessaire de survie en suspend.

– Moi venir, Georginette.

Pas le temps pour une négo, obligée de recourir au bobard.

– O.K., ma poupée. Alors dépêche-toi d'aller enfiler tes caoutchoucs.

La gosse crédule se carapate et, pendant ce temps-là, je récupère ma trousse et file à la française.

Qu'est-ce que je vais prendre tout à l'heure en rentrant ! Pour être honnête, ça ne m'étonnerait pas que le temps que je revienne l'enfant ait réduit la maison en cendres.

Forcément, je passe à la phase maquillage de rigueur accroupie derrière le mur des Porte-à-Côté. Le propriétaire des lieux et son derrière volumineux me mataient à qui mieux mieux. Mais pourquoi il ne se lance pas dans le bénévolat Big-Miches, hein ? Il pourrait très bien faire chien d'aveugle si on va par là.

11 h 00 Trop chou, Robbie m'attendait déjà à la grosse horloge. Je l'avais à peine rejoint qu'il me plaquait contre sa personne. J'ai moyen apprécié dans la mesure où un bouton de son manteau taille familiale m'est rentré droit dans le pif. Vous remarquerez cependant que je n'ai pas moufté. Lui en revanche m'a fait :

– Allons au parc, ma Georgia. J'aimerais qu'on retourne là où on s'est retrouvés pour notre premier rendez-vous. Tu te souviens ?

Ouaouh, trop romantique ! L'endroit qu'évoque l'homme est celui où, pour la première fois, il me régalait d'une chanson. Je me rappelle, j'avais la tête sur ses genoux (je précise que l'interprète était assis, sinon bonjour, le total look gourde).

Sur le chemin du parc, Robbie n'a pas pipé mot. Ça me met carrément les nerfs en bobine d'être avec quelqu'un qui ne parle pas. Vati prétend que c'est parce qu'il ne se passe pas grand-chose dans ma tête. Je trouve ça furieusement désopilant de la part d'un vioque qui connaît par cœur les paroles de « New York, New York ».

Arrivé pile au carré de terre où nous nous bécotâmes pour la toute première fois, Super-Canon a plongé son regard d'azur dans mes mirettes.

– Ce que j'ai à te dire ma Georgia n'est pas facile. Voilà, il faut que je parte.

– Hahahahahahaha… Je suis au courant, je te remercie. Tu t'en vas au Pays-du-Hamburger-en-Folie et moi avec ! D'ailleurs à ce propos, je me suis méchamment entraînée à dire « Yo, Man ». Et maintenant, j'y arrive presque sans dégobiller.

Je continuais gentiment sur ma lancée, mais Super-Canon m'a stoppée net.

– Écoute, ma sublime. Je ne vais pas à Los Angeles. Tu te souviens de ce rendez-vous dont je t'ai parlé ? Eh bien voilà, j'ai posé ma candidature pour un stage dans une ferme écologique de Nouvelle-Zélande et j'ai été accepté. Je pars vivre un an là-bas. Ça va être atrocement dur de te quitter, mais je sais que j'ai fait le bon choix.

– Un stage... dans... une... Kiwi-en-Folie... Maoris... Moutons... Le... C'est... Je...

Au lit
En train de chouiner
A mort

Non mais, comment ça peut m'arriver à moi ? Après ce que j'ai enduré. Tout ça pour que Super-Canon se rende compte que le statut de rock-star était une imposture de toute première catégorie au rayon vain de chez vide.

J'ai eu beau lui dire :

– Si tu veux, on pourra recycler nos boîtes de caviar.

Rien n'y a fait. L'homme était tout ce qu'il y a de sérieux. Le jour où je l'ai vu rappliquer sur son biclou, j'aurais dû me douter qu'il y avait du mou dans la corde à nœud.

13 h 30 Je t'en ficherai du Pays-du-Kiwi-en-Folie, tiens. Moutons et dingos embarbés à perte de vue, voilà ce que c'est. Et je suis prête à parier que côté bipèdes, c'est du même tabac archi nul.

Super-Canon prend l'avion pour Whakatane la semaine prochaine.

La semaine prochaine !

Si ça se trouve, je paye la monnaie de sa pièce pour le syndrome allumage taille cosmos.

13 h 35 Super-Canon m'a dit qu'on ne sait jamais des fois si ça se trouve peut-être que je pourrais aller en vacances au Pays-du-Kiwi-en-Folie une fois qu'il sera installé. Je ne vous raconte pas la chouinade. C'était carrément les grandes eaux. J'ai sorti tout l'attirail des arguments pour le persuader de rester, mais en vain. Jusqu'au moment où il m'a dit un truc limite bizarre :

– Ma Georgia, tu sais que tu me plais à mort. Mais regarde, on est encore très jeunes tous les deux. Il faut nous donner du temps pour mûrir. Et ensuite, on pourra envisager de se poser.

Et vous savez quoi ? J'avais beau être en seuil d'humidité maxi, j'ai ressenti genre un drôle de soulagement.

16 h 00 Coup de bigo à Jas pour lui annoncer « the news ». Miss Frangette a bien débité un bon million de OhmonDieu après que je lui ai craché le topo. Deux secondes plus tard, elle était à la maison. Et elle reste dormir. En arrivant, Jasounette m'a proposé tout de go de me prêter son badge du club des Pies. Merci, sans façon, très peu.

Au beau milieu de la nuit, je lui ai sorti comme ça :

– Tu sais quoi, il y a un truc bizarre.

– Quoi ?

– Ben, j'ai beau être à fond dans la saumure grave et tout et tout... Ben, je ne peux pas m'empêcher de... d'avoir... un drôle de... de...

– Quoi ?

– Écoute, ma petite vieille, si tu veux que je te le dise, il faut que tu arrêtes de dire « quoi ».

Je l'entendais qui mâchouillait dans le noir. Non mais, qu'est-ce qu'elle avait bien pu trouver à se mettre sous la molaire ?

– J'ai genre un drôle de sentiment de soulagement.

– Ben, tu veux dire comme quand on a envie de faire popo et qu'on fait popo ?

Dimanche 6 février

J'ai eu une converse bigophonique avec Super-Canon. Il est affreusement retourné, mais il se tire quand même. Je vous le donne en mille, il a pleuré dans le conduit du téléphone !

17 h 30 Je suis à ramasser à la petite fourchette. Histoire de me changer les idées, je vais traîner du côté de la place préférée du Top Gang. Plus seule tu meurs.

Enfin, plus seule tu ne meurs pas étant donné que je tombe sur Dave la Marrade en partance pour un billard :

– Salut, beauté. Ça biche ?

– Pour être honnête, ça débiche.

– Alors, on est deux. Ça te dirait d'aller faire un tour au parc.

Il est vraiment chou comme garçon ce Marrade et plutôt normal dans la catégorie. Il m'a avoué que le tourneboulement d'Ellen le tourneboulait, mais qu'il trouvait moche de rester avec elle juste par pitié.

Moi :

– T'es carrément bourré de philosophitude.

Après cette conclusion énorme, je suis passée aux aveux rapport au désastre Super-Canon.

La Marrade m'a souri.

– Alors comme ça, Super-Canone, tu pars élever des élans à Whakatane avec Robbie au lieu de filer à Los Angeles ?

Dans ma chambre

22 h 00 C'est un monde ça, toute la petite famille est de sortie ! Mutti et Vati avaient un « rendez-vous », je vous demande un peu. Et Libby dort chez son « lopain » Josh.

On a parlé des siècles avec la Marrade. De la vie, de l'univers, de tout et surtout de rien. Je vous promets que c'est vrai. Et ensuite… On s'est BÉCOTÉS ! ! ! ! ! Encore ! ! ! ! Je n'en crois pas mes lèvres ! ! ! ! ! Je ne suis ni plus ni moins qu'une Dr Jekyll et Mme Chose en nuisette.

22 h 05 A tous les coups, c'est la faute du printemps si j'ai l'allumage taille cosmos (évidemment que je sais qu'on est en février).

D'après la Marrade, on est juste des ados et comme on n'a jamais été ados avant, forcément on manque d'infos sur ce qu'il convient de faire quand on est ado.

Le garçon a entièrement raison. Et que je ne capte pas un mot de ce qu'il dit ne change rien à l'affaire. La Marrade préconise qu'on vive le moment présent à fond les ballons ! ! ! ! ! Bref, qu'on allume taille cosmos le syndrome du même nom et qu'on en finisse !

Il faut impérativement que je fasse quelque chose, je suis au bord de l'implosion.

Coup de bigo à Jas :
– Jas.

– *Le oui.*

– Est-ce que ça t'arrive d'avoir une envie pressante ?

– *Le quoi ?*

– Ben, tu sais. De donner libre cours à ta sauvagerie. Réflexion de l'enfrangée.

– Ben des fois avec Tom quand on est tout seuls à la maison...

– Je t'écoute...

– On se court après en se filant des coups de gants de toilette.

– Écoute, Jasounette. Continue à parler dans le bigo. Moi, j'appelle les secours.

– Je t'assure, Gee. C'est poilant. Je te raconte comment on...

– Jas, Jas. Devine ce que je suis en train de faire.

– Tu serais pas en train de danser des fois ?

– Bien vu, ma petite camarade déjantée. Mais je danse dans quoi à ton avis ?

– Un saladier ?

– Jas, récupère tes neurones. Concentre-toi. Essaie de m'imaginer donnant libre cours à ma sauvagerie.

– Tu danses... en short de gym ?

– Le non... JE DANSE DANS MON PLUS SIMPLE PAS PAREIL ! ! ! ! !

Fou rire à tous les étages. On aurait dit deux siphonnées atteintes de siphon.

J'ai poursuivi ma chorégraphie naturiste dans toute la baraque un bon demi-siècle. A ce propos et hors de propos, j'ai fait un truc trop génial. Pile au moment où le Père Porte-en-Face tirait ses rideaux, je suis passée devant la fenêtre toute de rien vêtue en pleine expression corporelle. Je vous garantis que le vioque va passer le peu de temps qui lui reste à vivre à se demander si la divine créature qu'il a vue était un mirage ou pas.

Voilà *le garçonne* que je suis.

Forcément, ce n'est pas le genre qui part élever des élans à Whakatane.

Fin

Minuit Le nez au carreau dans ma chambre (nudité partiellement voilée).

Tiens, j'aperçois Angus et une partie de sa progéniture en train de se tirer de chez les Porte-en-Face par le tunnel que le monstre a creusé dans la haie. Mon gros matou a beau avoir été privé de son nécessaire vermicellerie, il ne renonce pas à l'allumage.

Je ne vois pas pourquoi Dieu aurait inventé le rosissement popotal s'Il ne voulait pas m'adresser un message. Tout le monde sait qu'Il est impotent. Attendez une seconde, je crois que je me goure. Ce ne serait pas omnipotent des fois ? Bref, Dieu est style potentat. Et si ça se trouve, Il me dit comme ça : « Fonce, Georgia, fonce et use du rosissement popotal à bon séant. »

À tous les coups, c'est ça. Total, je peux me rouler sans crainte dans la sainteté de mon rosissement popotal personnel.

Non mais, c'est qui là sous le réverbère ? Je vous le donne en deux. Mark Grosse Bouche qui raccompagne sa nouvelle copine. Si je comprends bien, vu que celle-là lui arrive à la taille, il a largué la naine pour le grand format ! Note, je ne peux pas lui jeter le caillou. Personne n'est parfait. De l'autre mollet, il n'est pas obligé non plus d'avoir une bouche aussi vaste. C'est vrai ça, le gus est mi-garçon mi-mérou.

1h00 Toujours le nez au carreau.

Une hypothèse que je prenne Dave la Marrade comme copain de marrade et côté diplomatico-relationnel mondial le garçon Baguette-à-Béret hyper craquant qui m'a offert la rose.

A voir. Tiens, voilà Mutti et Vati qui reviennent de leur folle soirée.

Récapitulons. Disons qu'au jour d'aujourd'hui je pourrais donner libre cours à mon syndrome allumage taille cosmos et garder Super-Canon pour plus tard !!!

Au poil. A condition bien sûr que l'ex Rock-Star n'ait pas chopé l'accent Kiwi-en-Folie et qu'il ne se soit pas mis à bécoter le mouton.

Résultat des courses, tout est bien qui finit bien.

Allez, je dis bonne nuit aux étoiles. Bonne nuit étoiles !

Et à la lune. Bonne nuit lune, grosse chose ronde atrocement sexy et jaune !

Ouaouh. C'est clair que j'ai le taille cosmos là.

Mutti et Vati ont fini par sortir de la voiture. Je vois bien qu'ils se tiennent mutuellement et pourtant ils n'ont pas l'air de se battre. Total, tout est bien qui reste bien.

Non mais, attendez une seconde. Les vioques ne se tiennent pas mutuellement et inversement, ils se bécotent !!!!!

C'est lamentable. Et révoltant par le fait.

FIN OFFICIELLE ET VÉRITABLE
A MOINS QUE...

LE JOURNAL INTIME DE GEORGIA NICOLSON

Unanimement salué par la presse, le journal intime de Georgia Nicolson est un éclat de rire permanent, le portrait juste, tendre et corrosif d'une adolescente d'aujourd'hui!

Mon nez, mon chat, l'amour et... moi
volume 1

Georgia Nicolson a quatorze ans et trouve que sa vie est un enfer! Son chat se prend pour un rottweiler, son père voudrait aller vivre en Nouvelle-Zélande, sa mère porte des jupes trop courtes pour son âge, sa meilleure amie ne perd pas une occasion de lui casser le moral et le garçon le plus canon du quartier sort avec une cruche aux oreilles décollées au lieu de comprendre que Georgia est la femme de sa vie. Enfin, s'il n'y avait que ça, elle pourrait survivre, mais il y a cette chose gigantesque au milieu de son visage... son nez!

LE JOURNAL INTIME DE GEORGIA NICOLSON

Georgia Nicolson est de retour, avec encore plus d'humour et d'esprit, et nous livre le deuxième volume de ses confessions!

Le bonheur est au bout de l'élastique
volume 2

Georgia a retrouvé le sourire. Plus question de partir vivre en Nouvelle-Zélande. Plus question de quitter ses copines, son chat Angus et surtout Robbie, le garçon de ses rêves. La vie est à nouveau pleine de promesses… qu'elle ne tient pas: Robbie suggère à Georgia de sortir avec un autre garçon parce qu'il la trouve trop jeune pour lui! L'humiliation est atroce.

Entre mes nunga-nungas
mon cœur balance
volume 3

Georgia doit faire face à toutes sortes de problèmes. Freiner l'expansion de ses seins, surnommés nunga-nungas par le frère de sa copine. Échapper absolument aux vacances en famille au fin fond de l'Écosse. Quant à Angus, son chat psychotique, ses ardeurs risquent bien d'être « écourtées » par une visite chez le vétérinaire.

La vie est consternante !

Mais, bon, être amoureuse d'une future-méga-star-du-rock vaut bien quelques souffrances, enfin… seulement si Super-Canon l'appelle cinq cents fois par jour !

Scripto, c'est aussi...

Loi n° 49-956
du 16 juillet 1949
sur les publications
destinées à la jeunesse
P.A.O : Françoise Pham
Imprimé en Italie
par G. Canale & C.S.p.A.
Borgano T.se (Turin)
Dépôt légal : Mai 2003
N° d'édition : 120834

ISBN 2-07-055236-5